2018
오늘의
좋은 시

이은봉 · 이혜원 · 맹문재 엮음

2018 오늘의 좋은 시

초판 1쇄 인쇄 · 2018년 2월 10일
초판 1쇄 발행 · 2018년 2월 14일

엮은이 · 이은봉, 이혜원, 맹문재
펴낸이 · 한봉숙
펴낸곳 · 푸른사상사

주간 · 맹문재 | 편집 · 지순이 | 교정 · 김수란
등록 · 1999년 7월 8일 제2-2876호
주소 · 경기도 파주시 회동길 337-16(서패동 470-6)
대표전화 · 031) 955-9111(2) | 팩시밀리 · 031) 955-9114
이메일 · prun21c@hanmail.net / prunsasang@naver.com
홈페이지 · http://www.prun21c.com

ⓒ 이은봉 · 이혜원 · 맹문재, 2018

ISBN 979-11-308-1259-5 03810

값 15,000원

2018
오늘의
좋은 시

이은봉 · 이혜원 · 맹문재 엮음

2017년의 문학잡지에 발표된 시작품들 중에서 좋은 시 105편을 선정했다. 예년에 비해 15편 정도 선정된 작품 수가 줄었는데, 객관성을 좀 더 가져보고자 한 것이었다. 그렇지만 워낙 많은 시인들이 활동하고 있기에 이 선집이 우리 시단의 대표성을 갖는 데는 분명 한계가 있다. 함께하지 못한 시인들께 큰 양해를 구한다.

이 선집이 정하고 있는 '좋은 시'의 기준은 예년과 마찬가지로 작품의 완성도이지만 독자와의 소통도 고려했다. 시인의 주관성이 지나치다고 판단된 작품들은 선정하지 않은 것이다. 그 결과 이 선집은 난해한 작품들을 수용하지 못한 한계점을 갖고 있다. 그 대신 우리 사회를 움직였던 촛불집회나 우리 문단을 달구었던 친일 문인 기념 문학상 반대 운동 같은 시대의식 내지 역사의식에 주목했다.

시작품의 존재 가치는 다양한 시 세계를 펼치는 데 있기 때문에 그것의 우열을 가린다는 것은 위험할 수 있다. 그렇지만 시인의 작품 성과를 살피는 일이 필요하고, 우리 시의 흐름을 파악해서 시단의 지형

도를 마련하는 일 또한 필요하다. 따라서 좋은 시를 선정하는 이 작업
은 계속될 것이다.

이 선집은 책임감을 갖기 위해 선정된 작품마다 해설을 달았다. 필
자의 표기는 다음과 같다.

이은봉=a, 이혜원=b, 맹문재=c

김석환 시인께서 직장의 정년퇴임과 함께 이 선집 작업을 그만두셨
다. 그동안의 노고에 감사의 말씀을 드린다.

촛불혁명으로 말미암아 새로운 민주주의 시대가 열리고 있지만, 시
집을 찾는 독자들의 수는 여전히 늘지 않고 있다. 이 선집이 시인과 독
자 모두에게 시의 즐거움을 마련해주기를 희망한다. .

2018년 2월
엮은이들

차례

2018
오늘의
좋은
시

봄날의 유치원

강경호

유치원에 들어가는 아이들이
암탉의 뒤를 따라가는 병아리들 같다
담장에 기대어 있던 쥐똥나무들이
가지를 흔들어 아는 체한다
책가방을 던지고 아이들이 미끄럼을 타자
그것을 지켜보던 개나리꽃들이
별꽃 모양의 노란 하트를 보낸다
아이들이 시이소를 타며 공중으로 올라
키가 큰 매화나무와 눈 맞추자
이제 막 망울을 벙그는 매화꽃들이
폴폴 향기로운 하트를 보낸다
아이들이 떠드는 소리,
아이들이 부르는 노랫소리
아이들이 합창하는 기역 니은 디귿……
그 소리들을 먹고 어린 나무들은 자란다.

(『시와정신』 2017년 가을호)

날씨가 좋은 어느 봄날이다. 시인은 "유치원에 들어가는 아이들"을 "암탉의 뒤를 따라가는 병아리들 같다"고 상상한다. 산뜻한 느낌을 받는 것이다. 그런데 이들 병아리들을 두고 "담장에 기대어 있던 쥐똥나무들이/가지를 흔들어 아는 체한다". 쥐똥나무들조차 "유치원에 들어가는 아이들"을 보고 기분이 좋아진 것이다. 아이들에게 애정을 쏟는 것은 시인과 쥐똥나무만이 아니다. 미끄럼을 타는 아이들을 "지켜보던 개나리꽃"도 "별꽃 모양의 노란 하트를 보"내기 때문이다. "아이들이 시이소를 타며 공중으로 올라/키가 큰 매화나무와 눈 맞추자/이제 막 망울을 벙그는 매화꽃들"도 "폴폴 향기로운 하트를 보낸다". "아이들이 떠드는 소리,/아이들이 부르는 노랫소리"를 통해 시인은 지금 만물조응을 느끼고 있는 것이다. 그러니 이들 만물조응에 "아이들이 합창하는 기역 니은 디귿……" 하는 소리가 끼어드는 것은 당연하다. 누구라도 "그 소리들을 먹고 어린 나무들"이 "자란다"는 것을 잊어서는 안 된다. (a)

봄의 정치

고영민

봄이 오는 걸 보면
세상이 나아지고 있다는 생각이 든다
봄이 온다는 것만으로 세상이 나아지고 있다는
생각이 든다
밤은 짧아지고 낮은 길어졌다
얼음이 풀린다
나는 몸을 움츠리지 않고
떨지도 않고 걷는다
자꾸 밖으로 나가고 싶은 것만으로도
세상이 나아지고 있다는 생각이 든다
몸을 지나가도 상처가 되지 않는 바람
따뜻한 눈송이들
지난겨울의 노인들은 살아남아
하늘을 올려다본다
단단히 감고 있던 꽃눈을
조금씩 떠보는 나무들의 눈시울
찬 시냇물에 거듭 입을 맞추는 고라니
나의 딸들은
새 학기를 맞았다

(『시와사상』 2017년 봄호)

노자는 가장 훌륭한 정치는 백성들이 통치자의 존재를 느끼지 않게 하는 것이라고 했다. '봄의 정치'가 그러하다. 봄은 소리 없이 와서 세상을 살만하게 한다. 봄이 온 것만으로도 세상은 환해지고 움츠렸던 몸도 펴진다. 바람결도 겨울의 혹독했던 기세와 달리 부드럽고 따뜻하다. 봄에는 눈송이조차 따뜻하다. 낮이 길어지는 빛의 변화와 함께 죽음의 축이 삶의 축으로 중심을 이동한다. 겨울을 견뎌낸 노인들이 하늘을 바라보는 눈길, 꽃눈을 조금씩 떠보는 나무들, 찬 시냇물에 거듭 입을 맞추는 고라니들, 새 학기를 맞은 딸들, 모두 생명의 기운으로 충만하다. 과연 봄이 온 것만으로도 세상은 나아졌다는 느낌이 든다. 좋은 정치는 강권으로 다스리는 것이 아니라 구성원 모두가 스스로 변화해가게 하는 것이다. 봄이 어떻게 우리 곁으로 다가오고, 움직이게 하고, 희망을 불어넣는지 지켜볼 일이다. (b)

고요를 시청하다

고재종

초록으로 쓸어놓은 마당을 낳은 고요는
새암가에 뭉실뭉실 수국 송이로 부푼다

날아갈 것 같은 감나무를 누르고 앉은 동박새가
딱 한 번 울어서 넓히는 고요의 면적,
감잎들은 유정무정을 죄다 토설하고 있다

작년에 담가둔 송순주 한잔에 생각나는 건
이런 정오, 멸치국수를 말아 소반에 내놓던
어머니의 소박한 고요를
윤기 나게 닦은 마루에 꼿꼿이 앉아 들던
아버지의 묵묵한 고요,

초록의 군림이 점점 더해지는
마당, 마당의 덩굴장미가 내쏘는 향기는
고요의 심장을 붉은 진동으로 물들인다

사랑은 갔어도 가락은 남아, 그 몇 절을 안주 삼고
삼베올만치나 무수한 고요를 둘러치고 앉은
고금(孤衾)의 시골집 마루,

아무것도 새어나게 하지 않을 것 같은 고요가
초록 바람에 반짝반짝 누설해놓은 오월의
날 비린내 나서 더 은밀한 연주를 듣는다

(『현대문학』 2017년 6월호)

평생을 조용하고 고요하게만 살 수는 없다. 조용하고 고요한 날들이 계속되면 이내 누구나 다 지루해지기 마련이다. 지루한 날들이 계속되면 곧바로 아무라도 다 시끄러운 쪽으로 고개를 돌리기 마련이다. 하지만 시끄러운 일이 계속되면 그것도 오래 참기는 어려운 법이다. 이내 조용하고 고요한 세계에 귀를 기울일 수밖에 없는 것이 사람이다. 그래서일까. 시인은 지금 "초록으로 쓸어놓은 마당을 낳은 고요" 속에 살고 있다. 이 고요는 깊고 깊어 "새암가에 뭉실뭉실 수국 송이로 부"풀 정도이다. 뿐만 아니라 이 고요는 "날아갈 것 같은 감나무를 누르고 앉은 동박새가/딱 한 번"만 울어도 넓혀지는 "면적"을 갖고 있다. 감나무의 "감잎들은 유정무정을 죄다 토설하고 있"지만 말이다. 이들 고요와 함께하고 있는 시인은 지금 "시골집 마루"에 앉아 "송순주 한잔"을 마시고서는 생각한다. "멸치국수를 말아 소반에 내놓던/어머니의 소박한 고요"와, "윤기 나게 닦은 마루에 꼿꼿이 앉아 들던/아버지의 묵묵한 고요"를 말이다. 시인이 바라보는 마당가에서 "덩굴장미가 내쏘는 향기는/고요의 심장을 붉은 진동으로 물들"일 정도로 진하다. "무수한 고요를 둘러치고 앉은/고금(孤衾)의 시골집 마루"에 앉아 그는 지금 "초록 바람에 반짝반짝 누설해놓은 오월의/날 비린내"로 해 더욱더 은밀해지는 자연의 "연주를 듣"고 있는 것이다. (a)

외설악산

고형렬

외설악에 나가서 가만히 청초 마리나 의자에 앉아 지척의 설악을 보고 있으면 산골짜기 골짜기와 높고 낮은 능선 곳곳에서 신비한 산의 음악이 들려온다.

목관악기도 금관악기도 현악기도 아니다.

산뢰(山籟)다.

약초의 노래가, 풀과 나무들의 노래가, 물과 바람의 만남이 경계 없는 흐름

그 음악이 호수에 내려앉는다. 나도 설악산처럼 머리를 북으로 두고 남으로 다리를 뻗고 그대의 평상에서 서향을 향해

누워 팔을 베고, 설악산을 마주 바라본다. 이곳 내가 태어날 자리이다. 그는 얼굴을 마주 댄 여자 같다. 그토록 가깝게

그러면 흰 구름의 소요를 시작해볼까. 아무도 모르게

그 옛날 풀만 풀만 하늘로 가득 자라 오르던 바람 불던 그 풀길 속에서 하나의 알로부터

다른 생을 출발해볼까 알이 바람이 되듯이

쌍다리를 지나가던 한 소년 시인이 그들을 바라보고 있었다 그의 이름은 외설악이었다 그곳이 그의 집이고 생이고 노래이다

(『서정시학』 2017년 겨울호)

시인은 지금 "외설악에 나가" "청초 마리나 의자에 앉아 지척의 설악을 보고 있"다. 그러면서 그는 "산골짜기 골짜기와 높고 낮은 능선 곳곳에서" 들려오는 "신비한 산의 음악"을 듣고 있다. 산의 음악을 만드는 것은 "목관악기도 금관악기도 현악기도 아니다./산뢰(山籟)다." 산뢰는 산바람이 나뭇가지나 숲을 스치며 부는 소리를 가리킨다. 이 시에 따르면 "약초의 노래", "풀과 나무들의 노래", "물과 바람의" "흐름" 등이 산뢰인 것이다. 이들 음악은 "호수에 내려앉는다." 이윽고 시인은 "설악산처럼 머리를 북으로 두고 남으로 다리를 뻗고 그대의 평상에서 서향을 향해/누워 팔을 베고, 설악산을 마주 바라본다". 생각해보니 설악산은 시인 자신이 다음의 생에 다시 "태어날 자리"이기도 하다. 뿐만 아니라 설악산은 "얼굴을 마주 댄 여자 같"기도 하다. 마침내 시인은 "아무도 모르게" "흰 구름의 소요를 시작해볼까" 하는 몽상에 빠진다. 이러한 몽상의 근저에는 "풀만 풀만 하늘로 가득 자라 오르던 바람 불던 그 풀길 속에서 하나의 알로부터/다른 생을 출발해볼까" 하는 마음이 잠재해 있다. "쌍다리를 지나가던 한 소년 시인이" 되어 설악산을 바라보고 싶은 것이다. 외설악, 이것이 그 소년의 이름이고, "집이고 생이고 노래"이기를 바라는 것이다. (a)

나쁜 짓들의 목록

공광규

길을 가다 개미를 밟은 일
나비가 되려고 나무를 향해 기어가던 애벌레를 밟아 몸이 터지게 한 일
풀잎을 꺾은 일
꽃을 딴 일
돌멩이를 함부로 옮긴 일
도랑을 막아 물길을 틀어버린 일
나뭇가지가 악수를 청하는 것인 줄도 모르고 피해서 다닌 일
날아가는 새의 깃털을 관찰하지 못한 일
그늘을 공짜로 사용한 일
이렇게 곤충의 행동을 무시한 일
풀잎의 문장을 읽지 못한 일
꽃의 마음을 모른 일
돌과 같이 뒹굴며 놀지 못한 일
나뭇가지에 앉은 눈이 겨울꽃인 줄도 모르고 함부로 털어버린 일
물의 속도와 새의 방향과 그늘의 평수를 계산하지 못한 일
그중에 가장 나쁜 짓은
저들의 이름을 시에 함부로 도용한 일
사람의 일에 사용한 일

(『르네포엠』 2017년 여름호)

시란 무엇인가. 시를 쓰는 까닭은 무엇인가. 이들 질문에 대한 대답은 많고 다양하다. 개중에는 작은 것들, 사소한 것들, 힘없는 것들을 소중하게 여기는 것이, 깊이 사랑하는 것이라는 대답도 있을 수 있다. 적어도 이 시를 쓴 시인은 그런 생각을 하는 듯싶다. 그렇다고는 하더라도 일상의 삶에서 매번 이들 보잘것 없는 것을 깊이 사랑하는 가운데 따뜻하게 감싸며 살기는 어렵다. 여리고 착하고 순수한 것들은 함부로 무시당하거나 하시당하기 일쑤다. 그래서일까. 이 시에서 시인은 이 작고 사소하고 힘없는 것들을 때리거나 밟거나 꺾거나 하는 일을 아예 나쁜 짓이라고 명명하며 그것의 목록을 작성하고 있다. "개미를 밟은 일", "애벌레를 밟아 몸을 터지게 한 일", "풀잎을 꺾은 일", "꽃을 딴 일", "돌멩이를 함부로 옮긴 일", "물길을 틀어버린 일" 등 말이다. 이러한 일들을 두고 "나쁜 짓들의 목록"이라고 명명하는 시인의 마음이 매우 따뜻하고 두터우리라는 것은 덧붙여 말할 필요가 없다. 따뜻하고 두터운 마음의 배양 없이 이들 작고 조그만 것들과도 함께 사는 좋은 세상을 만들기는 쉽지 않다. 그렇다. "새의 깃털", "곤충의 행동", "풀의 문장", "꽃의 마음", "나뭇가지에 앉은 눈", "물의 속도와 새의 방향과 그늘의 평수" 등 작고 조그만 것들을 바르게 사랑하지 않고 좋은 시인이 되기는 힘들다. (a)

장천교회에서 봉순 안마 시술소까지

곽재구

밤 여덟 시가 되면

동천 고수부지에 모여 에어로빅을 하는 사람들이 있다

달빛 속에서 그 사람들 보고 있으면

이 세상 사람들 아닌 것 같았다

뽕짝과 락 음악이 스피커에서 쏟아져 나왔는데

동네 말매미 울음소리를 이겨내는 소리가 있다는 사실에 놀랐다

어느 날 남진의 '저 푸른 초원 위에'가 쏟아져 나오는데

나도 그 사람들 속으로 들어가고 싶은 생각이 드는 것이었다

가까이 가 사람들이 추는 춤을 보고 또 놀랐는데

무대 위 젊은 강사의 춤사위를 따르는 이가 없었다

모두 제각각 춤을 추고 있었다

나도 들어가 함께 보릿단을 엮는데

땀이 나고 돌아오는 길 하늘의 별이 많았다

장천교회의 창에서 형광들 불빛이 새 나오는데

언젠가 그 교회의 낡은 긴 의자에

한번 앉아보면 어떨까 하는 생각이 들었고

노란 불빛이 스며 나오는 봉순 안마 시술소에 들어가

동남아에서 온 뜨내기 여행자에게

가만히 등짝을 맡기고 싶은 생각이 드는 것이었다

(『문파』 2017년 겨울호)

밤 여덟 시가 되면 전국 곳곳의 작은 공원에서는 한바탕 춤사위가 펼쳐진다. 동천 고수부지도 그중 한 군데일 테다. 어둠이 적당히 내려와 있어 난생처음 이 기이한 대열에 끼어드는 이들의 멋쩍은 표정과 쑥스러운 느낌은 충분히 가려질 정도이다. 중구난방인 이 군무는 바깥에서 보면 희한한 모양새지만 누구를 가려서 받는 방어벽이 전혀 없다. 누구든, 아무 때나 대열의 끝자락으로 슬쩍 끼어들어 함께 할 수 있다. 야외에서 펼쳐지는 이 집단적 움직임을 이끌어가는 것은, 한여름 말매미 울음소리를 이겨낼 정도로 커다란 음악 소리이다. 주로 빠른 춤곡이 될 만한 뽕짝과 락 음악이 이어지는데, 어느 날은 남진의 '저 푸른 초원 위에'가 나왔던가보다. 한 시절을 풍미했던 이 친숙한 노래는 구경꾼으로만 머물던 화자를 드디어 무장해제시켜 대열의 밖에서 안으로 들여놓는다. 가까이서 보니 놀랍게도 앞에서 시범을 보이는 강사의 춤사위와 상관없이 저마다 마음대로 몸을 흔들고 있다. 화자는 푸른 초원 위에서 보릿단을 엮는 동작을 한창 하고 돌아오게 된다.

신경림의 「농무」 이후 드물게 보게 되는 군무의 묘사가 흥겹기 그지없다. '저녁이 있는 삶'을 꿈꾸는 평범한 사람들이 평화로운 여름 저녁 동네 공원에서 신나게 한바탕 몸을 풀어내는 광경이 인상 깊다. 함께하면서도 제각각 춤추듯 살아가는 이러한 장소야말로 어울려 살아갈 만한 세상이 아닐까. (b)

친일 문인 기념 문학상 이대로 둘 것인가 2

권위상

일제가 연합군에 항복하는 당일 한 조선인 작가가
조선총독부 정보과장 아베 다쓰이치를 찾아가
시국에 공헌할 새로운 작가단을 만들게 해달라 조아리는데
그날 정오에 일제는 항복 선언을 했다
그는 몰랐다
소설가 김동인, 그가 그랬다

반민특위가 춘원 이광수를 체포 압송할 때
차 안에서 조사관이 물었다 왜 그러셨냐고
일본이 이렇게 빨리 망할 줄 꿈에도 생각 못 했다
구구절절 변명에 조사관은 다시 수갑을 옥죄었다

결국 독재자 이승만의 반민특위 와해 공작으로
친일 부역 문인 처벌은 유야무야되고 말았다

동인문학상
수상자 하나가 말했다
더 잘하라는 채찍으로 받아들이겠다고
민족으로부터 맞아야 할 채찍
그들 대신 제대로 한번 맞아보겠냐 묻고 싶다

스스로 주홍글씨를 이마에 새긴 작가들

부끄러움도 모르고
백주대낮에 이마에 문신을 새기고
환하게 웃으며 여기저기 기웃거린다

만에 하나 우리가 또 외세 지배를 당한다면
앞장서서 부역할 자들이 누구인지
우리는 안다 삼척동자도 안다

(『시와문화』 2017년 봄호)

진보적인 문인 단체로 평가받고 있는 한국작가회의는 소속 회원들에게 친일 문인 기념 문학상과 관계된 심사나 수상 등을 하지 말 것을 권고하는 입장을 2017년 10월 발표했다. 반독재 민주화 운동을 위해 자유실천문인협의회가 결성된 지 43년 만에 이루어진 일이다. 이 권고안은 조직의 강제력을 포함하지 않고 회원들의 자율성에 맡겼기 때문에 그 효력이 불안하다. 좀 더 진일보한 논의가 필요하다.

　친일 문제는 우리 사회의 저변에 깊숙이 배어 있다. 미당문학상, 동인문학상, 채만식문학상, 팔봉비평문학상 등 많은 친일 문인 기념 문학상이 운영되고 있는 것이 그 모습이다. 따라서 "친일 문인 기념 문학상 이대로 둘 것인가"라는 부단한 질문 혹은 자기반성이 필요하다. 특히 2019년은 3·1운동 100주년이 되는 해이다. 민족 해방을 위해 헌신한 선조들 앞에서 부끄럽지 않으려면 문인들이 앞장서서 친일 문인 기념 문학상의 폐지를 추진해야 한다. 우리 문학의 궁극적인 발전을 위해 요구되는 일이다. (c)

화장실의 이원론

권혁웅

나란히 꽂힌 칫솔이 나 대신 늙어갔으면 좋겠다
하나는 고운데 다른 하나는 백수 같아서
거울 속 봉두난발에 놀라지 않았으면 좋겠다
이담에 커서 훌륭한 사람……이 되지 않아서
장군이나 검사가 되어
쿠데타나 국정농단에 가담하지 않아서 다행이라고
클렌징을 할 때면 얼굴까지 벗었으면 좋겠다
문턱을 넘을 때 타일의 도움을 받아
변신담의 주인공이 되는 것도 좋겠다
비데에서 물이 나올 때를 기다려 고백을 하고
바람이 불 때 살아봐야겠다, 한 번 더 고백을 하고
기미와 이미를 혼동했으면 좋겠다
우울과 우물을 바꾸었으면 좋겠다
이 안에도 우물이 있네, 내가 버린 내가
나를 버린 나를 물끄러미 올려다보네
칫솔 앞에서 고해성사를 하고 또 하는 동안
거울 속의 내가 먼저 외출하지 않았으면 좋겠다
밖에서 누군가 다급하게 간절하게
나를 기다렸으면 좋겠다, 그동안
세탁기가 마지막으로 탈, 탈, 탈,
내 영혼을 턴다 물론 영혼 아닌 것까지도

(『시와세계』 2017년 가을호)

화장실은 몸과 관련된 공간이라는 생각을 수정하게 하는 시이다. 화장실의 많은 물품들이 정신과 육체를 나누어서 생각했던 데카르트적인 이원론을 입증한다. 늙어가는 몸을 바라보며 나란히 꽂힌 칫솔이 대신 늙었으면 좋겠다는 마음은 육체와 구분되는 정신의 존재를 입증하는 것 아닐까. 화장실에는 자신을 확인하게 해주는 장치가 곳곳에 있다. 거울이 그러하고 비데 또한 그러하다. 거울 속의 '나'가 장군이나 검사가 되어 쿠데타나 국정농단을 저지르지 않은 것은 다행이지만, 현재의 모습이 만족스러운 것은 아니다. 클렌징을 할 때 얼굴까지 벗고 싶다거나 문턱을 넘을 때 변신담의 주인공이 되고 싶다는 것은 현재와 다른 '나'를 만나고 싶다는 말이다. 이 시는 윤동주의 우물과 이상의 거울을 연상시킨다. 윤동주가 우물을 들여다보며 그랬던 것처럼 이 시의 화자는 비데를 통해 자신과 대면하고 영혼을 고백한다. 거기서 "내가 버린 나"를 만났기 때문이다. 이상이 그랬던 것처럼 이 시의 화자도 "거울 속의 내"가 외출할까 두려워한다. 우울과 소외를 두려워하는 화자의 불안한 마음이 충분히 읽힌다. 화장실에 놓여 있는 세탁기의 덜덜거리는 소리에 그는 영혼이 탈탈 털리는 느낌을 받는다. 이처럼 이 시에서는 화장실의 모든 물품들이 영혼을 성찰하는 도구가 된다. 이상과 윤동주가 그토록 골몰했던 이원론적 자기 성찰의 새롭고 유쾌한 버전이다. (b)

따순 밥

길상호

언 손금을 열고 들어갔던 집

그녀는 가슴을 헤쳐
명치 한가운데 묻어놓았던 공깃밥을 꺼냈다

눈에서 막 떠낸 물 한 사발도
나란히 상 위에 놓아주었다

모락모락 따뜻한 심장의 박동

밥알을 씹을 때마다
손금 가지에는 어느새 새순이 돋아났다

물맛은 조금 짜고 비릿했지만
갈증의 뿌리까지 흠뻑 적셔주었다

살면서 따순 밥이 그리워지면
언제고 다시 찾아오라는

그녀의 집은 고봉으로 잔디가 덮여 있다

(『열린시학』 2017년 가을호)

본래 고향은 집이 어디 있느냐에 의해 결정된다. 집은 고향의 다른 이름이기도 하다. 집에는, 고향에는 누가 사는가? 남자인 아버지가 살기도 하지만 여자인 어머니가 살기도 한다. 실제로는 고향에, 집에 아버지인 남자가 사는 경우는 많지 않다. 남자인 아버지는 가족들의 식량을 구하기 위해 유목의 삶을 살기 일쑤이다. 정작 집을, 고향을 지키는 것은 여자인 어머니이다. 집에 계시는 분, 계집…… 의 실제는 여자인 어머니인 경우가 대부분이다. 물론 집에 계시는 분, 곧 집 안에 계시는 분이 안에, 곧 아내인 경우도 있지만 말이다. 시인은 이 시에서 "언 손금을 열고 들어갔던 집"에서 체험한 어머니의 사랑을 노래한다. 그가 체험한 집인 어머니는 추운 겨울날 "가슴을 헤쳐/명치 한가운데 묻어놓았던 공깃밥을 꺼"내주었던 분이다. "눈에서 막 떠낸 물 한 사발도/나란히 상 위에 놓아"주었던 분 말이다. 그러니 거기서 시인은 어머니의 "따뜻한 심장의 박동"을 느끼지 않을 수 없었으리라. 사람들은 다 어머니의 사랑을 자양분으로 해서 자신의 운명을 키워왔기 마련이다. 시인은 이를 두고 "밥알을 씹을 때마다/손금 가지에는 어느새 새순이 돋아났다"라고 에둘러 표현한다. 그러니 어머니의 "물 한 사발"이 "갈증의 뿌리까지 흠뻑 적셔주었"을 것은 자명하다. 하지만 "따순 밥이 그리워지면/언제고 다시 찾아오라는//그녀의 집은" 지금 "고봉으로 잔디가 덮여 있다". "그녀의 집은 고봉으로 잔디가 덮여 있다"라는 표현이 어머니가 무덤 속에 계시다는 말의 시적 표현이라는 것은 불문가지이다. (a)

냉담

김명리

냉담이라는 담이 있다
담의 위쪽 하늘가엔 미풍에 떠가는 염소구름들

저마다 다른 방울 소리를 내지만
한꺼번에 쿵쾅거릴 때 있다

휘몰아치는 마음의 그 물결 문양들
기어코 자발없이 쏟아질 때 있다

국도변 붉은 절개지를 단단히 처매고 있는
외래종 질질짜는소녀울음풀이

발꿈치를 살짝 들어올리려던 것뿐이었는데
실은 끝없는 정적의 골짜기를 날아오르는 것처럼

자못 태평스러워 보이는 사람들도*
그 마음의 밑바닥을 두드려보면

슬픈 소리 날 게다 천둥소리 날 게다

* 나쓰메 소세키 소설 『나는 고양이로다』 중 변용

(『시와반시』 2017년 봄호)

'냉담'의 '담'을 '담장'과 연결시키면서 예기치 않은 연쇄적인 이미지들이 파생된다. 시선이 담의 위쪽 하늘가를 향하자 "미풍에 떠가는 염소구름들"이 펼쳐진다. "염소구름"의 시각적 이미지는 다시 청각적 이미지로 연결된다. 염소의 "방울 소리"와 쿵쾅거리는 소리가 나타난다. 구름은 미풍 속에서 고요할 때도 있지만 천둥소리를 내며 소란을 피우기도 한다. 휘몰아치는 물결 문양으로 변하여 기어이 한바탕 비를 뿌리기도 하는 것이다. 냉담이라는 담 위의 구름은 고요하고 잔잔할 것 같지만 어지럽게 뒤엉켜 삽시간에 쏟아져 내리기도 한다. 냉담해 보이는 사람의 마음도 어쩌면 이와 같으리라. 철저하게 쌓아놓았을 것으로 보였던 감정의 담이 알고 보면 언제든 무너져 내릴 정도로 위태로울 수도 있다. 국도변의 붉은 절개지를 단단히 처매고 있는 것이 "외래종 질질짜는소녀울음풀"이라니. 상처는 냉담하게 가려지더라도 그 안에 무수한 울음을 감추고 있을 뿐이다. 냉담해 보일 정도로 태평스러운 사람들조차 어쩌면 그 마음의 밑바닥에는 붉은 상처가 감추어져 있을지 모른다. 천둥소리가 감추어져 있어 언제든 눈물처럼 큰비가 터져 나올 수도 있을 것이다. '냉담'이라는 차가운 관념어가 다양한 감각적 이미지들로 변용되면서 격렬한 슬픔이라는 의미를 내포하게 되는 과정이 흥미롭다. (b)

난쟁이별 1

김명서

철거 명령에 묶인 집에서
남은 날이 하루뿐인 미래를 꺼낸다
어두운 부분을 빗자루로 쓸어낸다
빗자루를 타고 올라온
조울증
웃고 울고
내 몸에서 빠르게 번식을 하는데
최면술 같은 몽환 속으로 미끄러진다

도비왈라 아버지
전생의 죄를 씻어내고 후생에 올 더러운 길을 닦아내듯
강물에 대물림한 운명을 풀어놓고 치댄다

목에 오지통을 건 아이들
무지개를 따러 금단의 숲에 간다
숲은 그늘을 키우는지
금세 해 떨어진다

까악까악 음산한 울음이 마을을 배회한다

조울증의 기원을 추적한다
나른한 외로움

내 몸을 숙주 삼아 영원히 눌러앉을 기세다
외로움을 강물에 띄워 보내고 두리번거리지만
손 마주 잡고 웃어줄 사람이 없다

(『시와표현』 2017년 5월호)

위의 작품의 화자는 "어두운 부분을 빗자루로 쓸어"내지만 뜻을 이루지 못하고 오히려 "빗자루를 타고 올라온/조울증"의 상황에 놓인다. "난쟁이별"이 "철거 명령에 묶인 집에서/남은 날이 하루뿐인 미래를 꺼"내는 상황……. 『난장이가 쏘아올린 작은 공』이 출간된 1970년대나 21세기의 오늘이나 서민들의 삶은 별반 나아진 것이 없다. 도시 재개발로 인해 밀려나는 시대의 서민들이나 집이 없어 사글세로 전전하는 오늘의 서민들이 겪는 고통은 크게 다르지 않은 것이다.

1978년 6월에 출간된 『난장이가 쏘아올린 작은 공』은 우리나라 문학으로서는 처음으로 2005년에 200쇄, 2017년에 300쇄를 출간할 정도로 많은 독자들에게 사랑받고 있다. 이와 같은 현실이 한편으로는 슬프다. 급격한 산업화로 고통받는 도시 하층민들의 삶이 여전히 관심의 대상이 되고 있기 때문이다. 따라서 인도의 최하층 계급인 "도비왈라"가 빨래터에서 빨래만 하는 형편과 대한민국 서민들의 처지가 다르지 않다는 화자의 인식은 결코 과장된 것이 아니다. (c)

하지에서 자정까지

김명인

네거리만 벗어나면 어느 골목이든 엇비슷하니
이 골목이 시끄럽다는 건 편견 탓,
몇십 년 이웃이 아직도 사촌이니
지붕들도 어깨 겯고 갑장(甲長)처럼 늙어간다
옆집 장마에 우리 집도 줄줄 샌다
그러고 보니 골목 입구 철물점 영감님은 요즘 왜
정자에 안 오실까, 거기 앉아 아침나절 손뼉을 치댔는데
대문 옆 전신주에 올려놓은 변압기 탓에
달포 전 종양으로 돌아가셨다고?
그 아랫집도 암이라며 골목 안쪽까지 뒤숭숭하지만
한전을 원망하거나 항의조차 없는 골목,
오갈 때 전신주 쪽은 피해야 한다고 신신당부하는
아내의 단속만큼이나 오후 여섯 시의 골목길은 우묵하다
사투리까지 북새 날리며 차들 엉켜놓지만
상식조차 늙은 골목 오늘도 그 길이다
월·수·금 정해진 수거일이라 구멍가게 주인이
전신주 아래 빈 박스를 내놓는다
어두워지기 전에 휴대용 손수레 지나가고 리어카,
짐칸의 오토바이까지 훑고 가면
분리 안 된 악다구니조차 반쯤 치워지는 셈
연전엔 검은 포대에 죽은 강아지 담기듯
영아가 유기되어 골목 전체가 들썩거렸지만

요즘의 CCTV는 그런 걱정거리엔 무감각하다
오늘은 하지, 북반구가 해에게 가장 가까이 다가서는 날,
일곱 시인데도 확성기 반찬이 왕왕거린다
비료 친 콩나물일까, 엊그제 유모차 타던 아이들이
부쩍 자란 욕지거리 끌며 흩어진다
삼 층 연립의 블라인드가 잠깐 걷혔다 내린다
일곱 시 반, 하루 종일 하늘을 뒤덮던 구름 펄 위로
배밀이 끝낸 해가 잠깐 머릴 든다, 하지는 하지(下肢)의 노을
지우려는데 왜 참견이야, 지하에서 쇳소리가 샌다
아홉 시가 되었는지, 양국 주인이 방범 샷을 내린다
살림집은 몇 블록 저쪽의 아파트니
옆의 미장원도 문 닫을 시간,
보안등이 진작부터 골목 끝까지 밝히지만
잠들면 속속들이 지워지는 소란처럼
정으로 새긴 것도 아닌데 몇십 년 파묻히다 보니
내일이 한결 허술해지는 어느새 자정,
그래도 술 귀신들 쪽문을 두드리려면 한참 멀었다!

(『시로여는세상』 2017년 가을호)

여름날 하지에서 자정까지의 골목 정경이 풍속화처럼 세밀하게 펼쳐진 시이다. 한 골목의 이웃집들은 함께 늙어가는 동갑내기들처럼 엇비슷한 상태이다. 장마철이면 너 나 할 것 없이 줄줄 새는 형국이다. 집이 그런 것처럼 노년에 접어든 이웃들 중에는 간혹 죽거나 병에 걸린 사람들도 있다. 전신주의 변압기 탓에 암에 걸린 사람들이 많다는 흉흉한 소문이 돌고, 분리수거일이면 한바탕 악다구니가 일고, 심지어 영아가 유기되어 떠들썩했던 일도 있다지만, 이 골목의 분위기는 그리 적막하지 않다. 아마도 이 모든 장면들을 유심히 바라보는 우묵한 눈길 탓이리라. 또한 하지의 긴 하루해 탓에 늦게까지 흥성거리는 분위기 때문일 것이다. 골목에는 병과 죽음도 있지만 왁자지껄한 삶의 소리가 가득하다. 엊그제 유모차 타던 아이들이 콩나물처럼 자라 욕지거리도 할 정도가 되었다. 드디어 하지의 긴 해가 지고 약국과 미장원도 문을 닫는다. 골목은 점차 고요해지고 잠에 빠져들 것이다. 술고래들이 귀가하기까지는 아직 멀었지만 하지의 길고 긴 하루가 이렇게 끝나간다. 수십 년 함께한 골목의 모습이라 그런지 호흡까지 느껴질 정도로 생생하게 살아 움직이는 듯하다. (b)

조 직(組織)

김상미

갑자기 세찬 비바람이 몰아친다. 피할 곳이 없다. 주변엔 방탄유리 빌딩들뿐이다. 그 앞에는 '조직(組織)'이란 커다란 간판이 걸려 있다. 그는 그 속에 들어갈 수가 없다. 그는 어떤 조직에도 속해 있지 않다. 비바람이 더 심해져 그는 쿨럭쿨럭 기침을 하면서 방탄유리문을 두드려 본다. 그러나 조직의 문은 끄떡도 하지 않는다. 밖을 내다보는 사람도 없다. 어떤 비바람에도 무관심한 방탄유리문 너머로 앵무새 깃털처럼 가볍게 웃고 있는 사람들. 그 누구도 그를 향해 고개를 돌리지 않는다. 하늘은 점점 더 캄캄해지고, 아무리 몸을 더 작게 웅크려도 세찬 비바람은 얼음장같이 굳은 그의 내장까지 날려버릴 기세다. 너무 춥고, 외롭고, 배고파 죽을 것만 같다. — 아, 이럴 때 누구라도 내게 문을 열어 준다면, 그게 조직이든 아니든 무엇이든 원하는 걸 다 들어줄 텐데… 내 머리가 불필요하다면 머리를 잘라내고, 내 가슴이 방해가 된다면 가슴을 도려내고, 손발 맞추기가 어렵다면 내 손발을 즉각 쳐낼 수도 있을 텐데… — 그러나 조직의 문은 생각보다 견고하여 아무리 두드려도 열릴 줄을 모른다. 그는 죽어가는 애벌레처럼 더 한껏 몸을 웅크리며 — 어쩌자고 나는 조직에 대해 한 번도 생각하지 못했을까? 이 세계 자체가 하나의 거대한 조직인데, 어쩌자고 나는 조직에 들 생각을 한 번도 하지 않았을까? 이렇게 끔찍한 묵시의 비바람 새에 끼어 오들오들 떨면서도? — 그는 휘황찬란하게 빛나는 조직의 간판을 올려다보았다. 똘똘 뭉친 조직의 힘이 이토록 세다는 걸 그는 몰랐다. 조직원이 아니라면 죄가 없어도 이런 식으로도 죽을 수 있다는 걸 그는 몰랐다. 그칠 줄 모르는 비바람은 더욱 거세어지고, 그는 참다못해 일어나 그를 비웃기나 하듯 더욱 빛을 발하는 네온사인(간판)을 향해 돌을 집어 던졌다. 마치 살아가야 할 이유의 막다른 티켓을 던지듯이 안간힘을 다해!

(『신생』 2017년 겨울호)

위의 작품의 화자가 토로하는 목소리를 듣고 공감하는 정도가 우리 사회의 어떤 조직에 속하는지 알려주는 바로미터이다. 공감하는 사람은 조직에 속하지 못한 경우이다. 물론 사회적 존재로서 어떠한 조직에라도 들어 있겠지만, 사회에 영향을 주지 못하는 조직의 구성원인 것이다. 이에 반해 공감하지 않은 사람은 알게 모르게 조직의 도움을 받고 있는 경우이다. 조직으로부터 소외나 불이익을 당하지 않고 있는 것이다.

우리 사회에서 조직을 구성하는 자격 혹은 조건은 경제력, 학력, 종교, 지역성, 이데올로기, 혈연, 성(性), 세대 등 무수히 많은데 지역성, 혈연, 성, 세대 등 자연적인 조건보다 경제력, 학력, 종교, 이데올로기 등 인위적인 조건이 문제가 된다. 그리하여 조직에 들지 못하는 사람은 "갑자기 세찬 비바람이 몰아"쳐 피하려고 해도 "그 속에 들어갈 수가 없다". "비바람이 더 심해져" "쿨럭쿨럭 기침을 하면서 방탄유리문을 두드려"보아도 "조직의 문은 끄떡도 하지 않는다". 그리하여 작품의 화자는 "참다못해 일어나 그를 비웃기나 하듯 더욱 빛을 발하는 네온사인(간판)을 향해 돌을 집어 던"진다. "마치 살아가야 할 이유의 막다른 티켓을 던지듯이 안간힘을 다해" 맞서는 것이다. (c)

새의 물결무늬

십일월 새들이 저녁 한 끼를 위해 가는 길이 멀다
검붉은 저녁놀은 길 잃은 새의 무리가
지친 몸을 두었다 간 흔적이다
새들이 잃어버린 좌표를 간직한 별들이
아직 존재를 드러낼 수 없는 시간
목어의 등에 입혀진 빗살무늬가
새들이 잃어버린 길을 가리키고 있다
젖은 날개 꺾어 처마 밑에 부리고 가던 새들이
풍경 속에 겹겹이 물결무늬를 새겨 넣었을 것이다
그만 무릎을 접고 싶을 때마다 잠들지 말라는 이정표다
가시들 도사린 까만 밤의 깊은 곳까지
분명하게 보여주고 있다, 하늘에도 남겨놓고
바위에도 보이지 않게 새겨져 있다
그 저녁, 지친 몸을 끌고 찾은 선술집에서
하루 노동을 씻어내는 막걸리 잔에도
옮겨진 물결무늬가 출렁이는 걸 본다
시간을 끌고 가는 길은 거저 주어지는 것이 아니다
팔뼈 어긋나도록 금 그어가는 노동의 수고로움만큼 열린다
서두르지 말고 다디단 파장을 나누며 가라고
새들의 물결무늬가 내려앉은 것이다
길을 다시 찾은 새들이
길 없는 길에 무늬를 새로 새기는 중이다

"**십일월 새들이** 저녁 한 끼를 위해 가는 길이 멀"기만 하다. 그리하여 "풍경 속에 겹겹이 물결무늬를 새겨 넣"고, "그만 무릎을 접고 싶을 때마다 잠들지 말라는 이정표"로 삼는다. 그와 같은 모습은 힘든 삶을 영위하는 사람들에게서도 볼 수 있다. "지친 몸을 끌고 찾은 선술집에서/하루 노동을 씻어내는 막걸리 잔에도/옮겨진 물결무늬가 출렁이는" 것이다.

　　이 세상에 존재하는 모든 것들의 "길은 거저 주어지는 것이 아니"라 "팔뼈 어긋나도록 금 그어가는 노동의 수고로움만큼 열린다". 그러므로 포기할 일이 아닐 뿐더러 서두를 일도 아니다. 그 대신 "길 없는 길에 무늬를 새로 새기"며 나아가면 된다. "희망이라는 것은 본래 있는 것이라고 말할 수 없지만, 없는 것이라고 말할 수도 없다."(노신, 「고향」). "길에 무늬를 새로 새기"는 일은 힘들지만 할 수 있는 것이다. (c)

윤슬

김선태

다사로운 봄날
만재도 갯바위에 걸터앉아 있다
윤슬이 반짝거린다
수많은 물고기 떼로 뛰놀고 있다

그러고 보니
곁에 따라와 앉은 계집아이 이름도
하필 윤슬
몇 해 전 죽은 민박집 주인의 딸이다
어부인 아비처럼 까미로 살지 말라고
지어준 이름이란다

오늘처럼
윤슬의 아비를 삼킨 바다는
파란만장의 표정을 지우기 위해
반짝반짝 세수를 할 때가 있나 보다
윤슬의 눈빛도 환하게 또랑거린다

만재도에서 종일토록 윤슬을 번갈아 본다
물고기는 안 물어도 좋다

(『월간문학』 2017년 3월호)

"**다사로운 봄날**", 시인은 바다낚시를 하기 위해 "만재도 갯바위에 걸터 앉아 있다". 만재도는 전라남도 신안군 흑산면에 있는 섬의 이름이다. 하지만 시 인이 지금 "만재도 갯바위에 걸터앉아" 정작 행하는 일은 반짝거리는 윤슬을 바라 보는 일이다. 이 시의 중심 대상이 바로 윤슬이거니와, 국어사전에 의하면 '윤슬' 은 달빛이나 햇빛에 비치어 반짝이는 잔물결을 가리킨다. 하지만 시인에게는 "수 많은 물고기 떼로 뛰놀고 있"는 것이 윤슬이기도 하다. 윤슬은 흔히 사람의 이름 으로도 쓰이는데, 하필 "몇 해 전 죽은 민박집 주인의 딸" 이름이 윤슬이다. "어부 인 아비처럼 까미로 살지 말라고/지어준 이름이" 윤슬이다. '까미'는 피부나 털의 빛이 검은 사람이나 동물을 이르는 말이다. 따라서 윤슬이라는 이름에는 검고 칙 칙하게 살지 말고 밝고 환하게 반짝거리며 살라는 뜻이 들어 있다. 바다의 윤슬처 럼 "윤슬의 눈빛도 환하게 또랑거"리는 오늘, "윤슬의 아비를 삼킨 바다"도 "파란 만장의 표정을 지우기 위해/반짝반짝 세수를" 하나 보다. "만재도 갯바위에 걸터 앉아" "종일토록 윤슬을 번갈아" 보고 있는 시인은 지금 "물고기는 안 물어도 좋 다"며 자연이 만드는 황홀경에 빠져 있는 것이다. (a)

당신의 중력파

김영산

당신과 내가 서로 일으키는 잔잔한 파문이
알고 보니 중력파였더군
아들과 딸 두 별을 낳고 반짝이던 가난한 성가족(聖家族)
왜 거기에 블랙홀이 생겨났는지 모르지만,
블랙홀은 눈에 보이는 물질이 아니어서
그 집의 공간이 절벽처럼 휘어지는지 몰라
시인에겐 시가 블랙홀이 되고
교통방송 아나운서 당신에겐 자동차가 블랙홀이 되어
꽝! 하고 부딪혀 나온 소리였지
그런데 절벽끼리 부딪는 소리는
너무 작아 귀로는 들을 수 없다!
너무 약하고 약해서 마치 외계에서
누군가 긴 머리카락을 휘날리고 있는 것 같아
눈에 보이지 않지만 당신과 지구 반대편에 있는
내게까지 전해져 지금도 가슴을 쓸어내리지
—나는 버젓이 '중력문명의 시대를 기다리며'라고 쓴
어느 과학자가 준 책을 보다가 이런 시를 생각한다
그러니 중력은 결국 상처를 꿰매는 일이군
우주의 시공도 다치고 해지니
어머니 중력이 온종일 꿰매는군

(『현대시』 2017년 1월호)

과학은 시와 거리가 먼 것 같지만, 이따금씩 절묘하게 어울리기도 한다. 과학이나 시는 이해하기 힘든 현상을 설명하기 위해 뛰어난 상상력을 발휘한다는 점에서 상통한다. 가령 "브라질에서 나비가 날갯짓을 하면 텍사스에서 토네이도가 일어날까?"와 같은 과학적 질문은 시적인 상상력 못지않게 역동적이다. 평범한 일상과 무관한 과학적 상상이 신선하게 느껴지는 이유는 그것이 고정되어 있던 사유의 영역을 넘어서기 때문이다.

이 시에 나오는 '중력파'는 말 그대로 중력 작용에서 발생하는 파동이다. 초신성 폭발이나 중성자성끼리의 쌍성 합체 등의 우주현상과 관련되어 일어나는 것으로 추정되는 시공간의 일그러짐이 파도처럼 전달되는 현상에서 추정된 개념이다. 상대성이론에 의하면 쌍성펄서의 공전주기가 매년 100만 분의 75초 정도씩 짧아지고 있는 것도 중력파에 의해 에너지가 방출되기 때문이라고 한다. 이 시에서는 '당신'과 '나'라는 쌍성이 합체하면서 "아들과 딸 두 별"을 낳고 거기서 중력파가 발생한다는 상상이 작동하고 있다. 쌍성 합체라는 우주적 작용에 맞먹을 만큼 두 사람의 결합과 그 결과인 한 가족의 탄생은 많은 물리적 변화를 일으킨다. 블랙홀처럼 모든 것을 삼켜버리는 강력한 중력장이 작동하기도 한다. 모든 사람이 저마다 하나의 별이라면 별과 별의 만남은 엄청난 충돌과 변화를 일으킬 것이다. 시인은 그 다치고 해진 우주의 시공을 "어머니 중력"이 꿰맨 자국이 중력파일 거라고 상상한다. 중력의 파동에서 상처의 흔적을 끌어내는 '시적인 상상'이 흥미롭다.

(b)

금강하굿둑에서

김 완

　금강하굿둑 해물칼국수 집에서 점심을 먹는다 해물칼국수가 나오기 전 먼저 나온 보리밥에 열무 싱건지, 무채지 넣어 고추장에 비벼 먹는 맛이 일품이다 싱싱한 홍합과 바지락이 듬뿍 들어간 칼칼하고 시원한 칼국수는 배추 겉절이를 얹어 먹어야 제맛이다 뭔가 뱃속이 허전하면 어른 주먹만 한 왕만두를 한두 개 곁들여 먹으면 세상 더욱 살 만해진다

　초등학교 운동장같이 넓은 식당에서 사람들이
　왁자하게 코를 박고 칼칼한 칼국수를 먹는다

　전북 장수 소백산맥에서 시작해 충남 논산과 강경을 거쳐 서해로 흘러가는 사백 킬로의 물줄기가 내리는 곳에 1841미터의 방조제, 714미터의 배수갑문이 있다 금강하굿둑 사람살이에 깃든 사연들이 금강을 오고 가며 슬픔과 눈물의 짭조름한 맛이 되었나 옛 추억을 복원하는 해물칼국수를 후루룩 먹으니 금강대교에 드리운 빛과 어둠이 밤 강물에 어룽댄다

(『스토리문학』 2017년 여름호)

충남 서천 지역을 여행 중인 시인은 지금 "금강하굿둑 해물칼국수 집에" 이르러 있다. "금강하굿둑"은 "전북 장수 소백산맥에서 시작해 충남 논산과 강경을 거쳐 서해로 흘러가는 사백 킬로의 물줄기"를 막고 세운 "1841미터의 방조제"를 가리킨다. "금강하굿둑"에는 "714미터의 배수갑문"이 있어 장마철에 수량을 조절할 수 있다. 시인은 지금 이 "금강하굿둑" 근처에 있는 "해물칼국수 집에서 점심을 먹는다". 이 지역의 식사법에 따르면 "해물칼국수가 나오기 전 먼저 나온 보리밥에 열무 싱건지, 무채지 넣어 고추장에 비벼 먹"게 되어 있다. 시인에게는 그렇게 먹는 "맛이 일품이다". "싱싱한 홍합과 바지락이 듬뿍 들어간 칼칼하고 시원한 칼국수"……. "금강하굿둑 해물칼국수"는 "배추 겉절이를 얹어 먹어야 제맛이다". "뱃속이 허전하면 어른 주먹만 한 왕만두를 한두 개 곁들여 먹으면 세상 더욱 살 만해진다". 얼마나 많은 사람들이 해물칼국수를 먹기 위해 이곳에 오는 걸까. 시인의 표현에 따르면 식당이 "초등학교 운동장같이 넓"다. "왁자하게 코를 박고 칼칼한 칼국수를 먹는" 풍경도 장관이다. 시인은 이곳의 "사람살이에 깃든 사연들이 금강을 오고 가며 슬픔과 눈물의 짭조름한 맛이 되었"으리라고 생각한다. "옛 추억을 복원하는 해물칼국수"의 맛이 말이다. 그래서일까. 시를 매조지하며 시인은 해물칼국수를 "후루룩 먹으니 금강대교에 드리운 빛과 어둠이 밤 강물에 어룽댄다"고 노래한다. (a)

노루귀

김완하

연초록 풀빛 번지는 산등성에 흰 구름 올려다보는 노루의 천진난만
그건 가장 투명한 생명과 자유의 상징
노루의 머루 알 같은 눈망울 한번 들여다본 사람은 누구나 호수 같
은 마음 알고 있지

가장 행복한 이름
노루귀 그건 한번 피어 백 년 가고
꽃에 새겨 천 년을 넘는 것
동물과 식물 양쪽을 동시에 석권한 것

노루귀는 최고의 순수로
앞만 보고 사는 사람 절대 볼 수 없지
작은 키로 바닥에 바짝 붙어 누구나 무릎 꿇고 두 손 땅 짚어 머리
조아려야 보이는 꽃

하얀 털 뒤집어쓴 꽃대 나오고 그 꽃 질 무렵에 잎 돋는다
노루귀의 꽃말 인내와 신뢰 믿음이 나오는 지점

그 귀로도 이 세상에 더 들을 소리 있는지
봄이면 산과 들에 귀를 쫑긋 쫑긋 세운다
그 노루귀 내 안에도 있다

(『시와소금』 2017년 가을호)

노루귀는 풀의 이름, 아니 꽃의 이름이다. 시인의 명명에 따르면 "가장 행복한 이름"이 노루귀이다. 노루귀는 동물의 모습에서 식물의 이름을 따온 예이다. 따라서 노루귀는 마땅히 노루의 특징을 보여준다. 잎이 나오는 모습이 노루의 귀를 닮아 붙여진 이름이 노루귀이기 때문이다. 산에서 주로 자라는 여러해살이풀인 노루귀는 나무 밑의 비교적 토양이 비옥한 곳을 좋아한다. 이 시에서 시인은 먼저 "연초록 풀빛 번지는 산등성에"서 "흰 구름 올려다보는 노루의 천진난만"한 눈망울을 떠올린다. 이 천진난만 노루의 눈망울을 두고 시인은 "가장 투명한 생명과 자유의 상징"이라고 이름 붙인다. 시인은 "노루의 머루 알 같은 눈망울 한번 들여다본 사람은 누구나 호수 같은 마음"을 안다고 말한다. "노루귀 그건 한번 피어 백 년 가고/꽃에 새겨 천 년을 넘는 것/동물과 식물 양쪽을 동시에 석권하는 것"이라고 시인이 노래하는 것도 그러한 이유에서이다. "최고의 순수"인 노루귀, "앞만 보고 사는 사람"은 "절대 볼 수 없"는 꽃, "무릎 꿇고 두 손 땅 짚어 머리 조아려야 보이는 꽃"! 노루귀는 "하얀 털 뒤집어쓴 꽃대 나오고" 꽃 피면 "그 꽃 질 무렵에 잎 돋는다". 그래서 "노루귀의 꽃말"이 "인내와 신뢰 믿음이"라고 하리라. 시를 매조지하며 시인은 "봄이면 산과 들에 귀를 쫑긋 쫑긋 세"우는 노루귀가 "내 안에도 있다"고 노래한다. 시인의 의식이 무엇을 지향하는지를 알 수 있다. ⒜

백 년 벚꽃 아래

김왕노

힘겹게 리어카를 끌고 가는 노인을 스스로 돕는다고 나선 손자 같은
어린아이와

폐휴지를 가득 실은 리어카가 희망고물상을 찾아갑니다.

안간힘으로 어린아이는 밀고, 철사 같은 야윈 몸을

리어카 손잡이에 반쯤 감은 노인은 끌며 경사진 길을 끙끙 역주행해
갑니다.

저런, 저런 하며 스쳐가는 찰나 갑자기 나타나 비상 깜빡이를 켜고
비껴가는

차에게는 아랑곳도 하지 않고 백 년 벚꽃 나무 아래를 지나갑니다.

벚꽃 잎 분분이 휘날리는 복지국가의 그늘 아래로 갑니다.

목숨보다 더 귀한 것이 목구멍에 풀칠하는 것인지 위험을 무릅쓰고
갑니다.

아이가 밀어주고 할아버지가 끌고 가는 저 아름다운 풍경, 보는 사
람의 가슴마다

작은 액자로 하나둘 걸리는 순간, 순간입니다.

(『시작』 2017년 가을호)

이 시에서 시인은 아주 정겨운 풍경을 애틋한 마음으로 바라보고 있다. 이때의 정겨운 풍경은 "힘겹게 리어카를 끌고 가는 노인"이 "스스로 돕는다고 나선 손자 같은 어린아이와" "폐휴지를 가득 실은 리어카"를 끌고 "희망고물상을 찾아"가는 것을 가리킨다. 풍경 속의 삶의 모습이 참으로 안타까우면서도 따듯하다. "안간힘으로 어린아이는 밀고, 철사 같은 야윈 몸을/리어카 손잡이에 반쯤 감은 노인은 끌며 경사진 길을 끙끙 역주행해" 가고 있기 때문이다. 안타까우면서도 따뜻한 풍경을 이루는 어린아이와, 노인과, 리어카는 "갑자기 나타나 비상 깜빡이를 켜고 비껴가는/차에게는 아랑곳도 하지 않고 백 년 벚꽃 나무 아래를 지나"간다. 이러한 풍경을 바라보며 시인은 거기서 "벚꽃 잎 분분이 휘날리는 복지국가의 그늘"을 깨닫는다. 이때의 그늘은 "목숨보다 더 귀한 것", 곧 "목구멍에 풀칠하는 것"을 가리킨다. 그러니 "위험을 무릅쓰고" "아이가 밀어주고 할아버지가 끌고 가는 저 아름다운 풍경"이 감동을 주리라는 것은 자명하다. 더불어 이 풍경이 "보는 사람의 가슴마다/작은 액자로 하나둘 걸리"리라는 것은 불문가지이다. 가난한 사람들, 소외된 사람들을 바라보는 시인의 마음을 잘 알 수 있으리라. (a)

바람개비

김윤현

바람개비는 바람을 버려야 살 수 있다는 걸 안다

무는 그걸 지키지 못해 몸을 통째로 망치기도 한다

바람을 잡으면 자신의 삶은 끝나는 줄도 안다

바람이 빠를수록 생은 활기가 넘친다는 것도 안다

자신을 잘 접으면 나비도 되고 비행기가 되는 것도 안다

어느 방향을 틀어야 생이 열리는지도 안다

민들레도 그걸 알고 바람 불면 살 곳을 찾아 나선다

바람 잘 날 없는 것이 삶인 줄 바람개비는 안다

(『시에티카』 2017년 하반기호)

"바람개비는 바람을 버려야 살 수 있다는 걸 안다". "바람을 잡으면 자신의 삶은 끝나는 줄도" 알고, "바람이 빠를수록 생은 활기가 넘친다는 것도 안다". "자신을 잘 접으면 나비도 되고 비행기가 되는 것도" 알고, "어느 방향을 틀어야 생이 열리는지도 안다".

작품의 화자가 "바람"을 가져야 생명을 갖는 "바람개비"가 오히려 "바람을 버려야 살 수 있다"고 말한 것은 역설이다. 기존의 자아를 무너뜨리고 크게 도약하는 인식이다. 역설은 도망칠 구멍이 없는 막다른 골목에서 나아갈 수 없다고 느끼는 순간에 일어난다. 결국 절박하고 간절한 삶의 과정에서 생기는 것이다. "바람 불면 살 곳을 찾아 나서"는 "민들레"의 모습이 그 본보기이다. (c)

구토

김은정

유진이가 구토를 한다.
구토는 저항인가?

유진이는 어제
경연 대회에서 고배를 마셨다.
공개적으로 이루어진 대회였는데
관객을 우롱하듯 객석의 채점과는 판이하게
예상 외 등위가 정해졌다.

심사가 잘못된 것이다.
애초에 심사 위원 명단을 확인하며
이미 공정한 결과를 기대하지는 않았지만
이리도 엄청나게 공정하지 않다니
어른들의 몹쓸 장난질 더럽고 역겨워
유진이가 구토를 하는가?

심기를 달래고 누르며
아무리 순순히 참아보려고 해도
이 분통을 어찌하는가.

유진이가 구토를 한다.
물 한 모금까지 거부하며 밀어내는

어린 오장육부는 참으로 순정하여
사생결단 불인정을 하고 있는 것이다.

유진이의 자존심이 참으로 믿음직하다.

(『시산맥』 2017년 여름호)

언론들을 통해 보도된 강원랜드 비리 채용 백태는 과연 우리 사회에 법치가 존재하는지 의심이 든다. 회사 임원 등의 내부 인사, 문화체육관광부를 비롯한 외부 관계자, 지역 유지, 국회의원 등의 청탁에 의해 신입 사원이 대거 채용된 정황이 드러나면서 불공정한 우리 사회의 민낯이 여지없이 드러난 것이다. 따라서 위의 작품의 화자가 "유진이가 구토"하는 행동에 동의하는 것은 민의가 반영된 면으로 볼 수 있다.

"유진이는 어제/경연 대회에서 고배를 마셨"는데 그것은 실력이 부족해서가 아니라 "관객을 우롱하듯 객석의 채점과는 판이하게/예상 외 등위가 정해졌"기 때문이다. 다시 말해 "심사가 잘못된 것이다". "애초에 심사 위원 명단을 확인하며/이미 공정한 결과를 기대하지는 않았지만/이리도 엄청나게 공정하지 않"은 결과에 "우진이"는 "구토"를 한다. "어른들의 몹쓸 장난질 더럽고 역겨워" 맞서는 것이다. 약한 사람들은 언제까지 "구토"를 해야 하는가. (c)

여기 사람 아니죠

김이듬

북국 해변이 아니다
유럽식 전원주택 거리를 걸어봤다

그는 말했다
텔레비전에 나왔던 유명한 동네죠, 한끼줍쇼, 그 프로 봤어요?
대뜸 문 두드리는 건 무례한 일 아닌가요? 태곳적에나 가능했을 일
인데

텔레비전도 보며 살아야 대화가 된다고 했다
근처에 푸른 얼음이 떠다니는 인공호수가 있지만
볼수록 이상하고 염세적인 여자라며 여기서 이만 안녕하자고 했다

어디서 왔어요?
외투를 받아주며 미용사가 물었다
외국에서 자주 듣던 말에 뭐라고 대답해야 할지 우물쭈물하는데
머리를 자르면 긴 얼굴이 더 길어 보일 거라고 했다

사투리를 쓰면 웃는 사람이 많다
진주 가는 건데, 꼭 지방 내려가느냐고 묻는 사람이 많다
산이나 천당처럼 지대가 높은 곳도 아닌데, 서울 올라오라고들 말
한다

터미널에 도착했다 집에 다 와간다
택시기사가 묻는다
손님, 처음 왔어요? 여기 사람 아니죠?

(『서정시학』 2017년 가을호)

살다 보면 이방인의 정서를 느낄 때가 많다. 객지 생활을 하는 사람은 특히 그렇다. 물론 이방인의 정서는 소외감의 일종이다. 소외감은 분리감의 하나이고 격리감의 하나이다. 시인은 본래 진주 사람인데, 지금은 서울에서 살고 있는 듯하다. 실제로는 일산에서 살고 있는지도 모른다. "푸른 얼음이 떠다니는 인공호수"는 물론 "유럽식 전원주택 거리"도 일산에서 찾아볼 수 있기 때문이다. 시인에 따르면 "유럽식 전원주택 거리"는 "텔레비전에 나왔던 유명한 동네"이다. 〈한끼줍쇼〉라는 "TV의 프로" 말이다. 이 시의 서정적 인물인 그는 시인에게 한끼줍쇼 하며 "대뜸 문 두드리는 건 무례한 일 아닌가요?"라고 묻는다. 이러한 일이 "태곳적에나 가능했을 일"이라고 그는 덧붙인다. 하지만 1970년까지만 해도 대한 민국의 어디에나 존재했던 것이 이 한끼줍쇼라는 말이다. 그때만 해도 사람들 사이에 음식을 나누어 먹는 일이 아주 자연스러웠다는 뜻이다. 이윽고 그는 시인에게 "볼수록 이상하고 염세적인 여자라며 여기서 이만 안녕하자고" 말한다. 이처럼 낯선 느낌, 곧 이방의 정서를 시인은 미장원에서도 경험한다. "어디서 왔어요?/외투를 받아주며 미용사가" 묻는 말에서부터 그것은 시작된다. "어디서 왔어요?"는 "외국에서 자주 듣던 말"이다. 그러니 시인에게 이 말이 이방의 정서를 불러일으키는 것은 당연하다. 특히 "진주 가는 건데, 꼭 지방 내려가느냐고 묻는 사람이" 시인에게 주는 소외감은 아주 크다. "산이나 천당처럼 지대가 높은 곳도 아닌데, 서울 올라오라고들 말"을 하다니! 이러한 이방의 정서는 잠깐 다니러 간 고향 진주에서도 느낀다. 말씨가 바뀌었는지 "택시기사가" "손님, 처음 왔어요? 여기 사람 아니죠?"라고 묻기 때문이다. 객지 생활을 하는 사람은 누구나 도처에서 느끼게 되는 이방의 정서, 곧 소외감을 아주 잘 드러내고 있는 시이다. (a)

묵화

김이흔

검은 먹을 치는 묵화를 볼 때마다

사는 일이 흰 것과 검은 것 너머에 있는 듯하여

나는 자주 닥나무꽃 피는 쌍계사 팔상전을 서성이다 오곤 한다

한 나무 위에 올라앉은 몇 새들처럼

승속이 하나로 머물러 있는 묵화 속에는

내 생의 어느 때 만난 당신과의 인연이 있고

이 생과 저 생이 다를 것 없이

지금 붓끝 안에서 이어지고 있는

눅어진 호흡이 있음을 안다

지극히 제 죽음 속을 들여다본 자들은

먼 곳을 다녀와본 자들은

저 검은 먹색으로 피었다 지는 억겁의 생을

아무렇지도 않은 듯 신발 속에 두고

홀연히 몸을 일으켜 떠나버릴 수도 있음을

(『시인수첩』 2017년 가을호)

위의 작품의 화자는 "검은 먹을 치는 묵화를 볼 때마다//사는 일이 흰 것과 검은 것 너머에 있는 듯하여" "닥나무꽃 피는 쌍계사 팔상전을 서성이다 오곤 한다". 인간의 삶이 흑백이라는 이분법적인 차원에만 국한시킬 수 없기에 부처님의 일대기 중에서 대표적인 여덟 가지 장면을 탱화로 그려놓은 팔상전(八相殿)을 보고 돌아오는 것이다. 그리하여 사라쌍수 아래에서 열반에 드는 쌍림열반상(雙林涅槃相)을 본 뒤에는 자신의 세속적인 삶을 새롭게 인식한다. "이 생과 저생이 다를 것 없"음을 생각하는 것이다.

"지극히 제 죽음 속을 들여다본 자들은//먼 곳을 다녀와본 자들은//저 검은 먹색으로 피었다 지는 억겁의 생을//아무렇지도 않은 듯 신발 속에 두고//홀연히 몸을 일으켜 떠나버릴 수도 있음을" 자각한다. 이 깨달음은 세속의 삶을 진창이나 고통으로 여기고 그만두겠다는 것이 아니다. 죽음의 세계 또한 이 세속의 삶을 구제해주는 도피처가 아니라는 것을 알기 때문이다. 그리하여 화자는 현실의 "인연"을 소중히 여기고 살아가려고 한다. (c)

백야

김재근

침대는 잠들지 않는다
바람은 멀리서 불고
얼굴을 내밀면 밤은 느려진다

태양이 남긴 숨소리
화병에 꽂혀 점점 희미해지는데
밤인지 낮인지 몰라 누구도 머물지 않는

여기까지

가라앉아야 한다면
누군가의 맥박 소리 듣다
조금씩 잠이 들어도 괜찮은데
천천히 다른 행성이어도 괜찮은데

여긴 너무 느려 아무도 태어날 수 없군
지금 태어나는 아이는 아무리 울어도 밤인지 모르겠지

보드카를 마시며
우리가 우리를 잊을 때까지
밤의 기타 소리 들리지 않는 곳으로
취기는 먼 곳으로 더 먼 태양 너머로 데려간다

밤의 이면에 떠오르는 여린 미열처럼
시간의 먼 끝에 두고 온 그림자
여러 번 두근대는 밤의 검은 발자국 같아
자신의 그림자를 천천히 지우는 한낮의 정면 같아

아무도 읽을 수 없다
누구도 들을 수 없다

한낮이 남긴 태양의 기침 소리
병든 당신의 침대
이제, 아무도 닿을 수 없다

(『시인동네』 2017년 3월호)

밤이 되었는데도 해가 지지 않고 계속 하늘에 떠 있는 상황을 '백야 현상'이라고 한다. 그에 반해 낮인데도 해가 계속 뜨지 않는 상황을 '극야 현상'이라고 한다. 태양이 지평선 아래로 내려가지 않는 백야 현상은 지구의 자전축이 기울어져 있기 때문에 생긴다. 우리나라가 여름일 때 남극에서는 극야 현상이, 북극에서는 백야 현상이 일어난다. 물론 겨울일 때는 그 반대 현상이 일어난다.

따라서 "백야"를 경험하지 못한 사람의 "침대는 잠들지" 못한다. "바람은 멀리서 불고/얼굴을 내밀면 밤은 느려"질 뿐이다. "태양이 남긴 숨소리" 때문에 "밤인지 낮인지" 알 수도 없다. 그리하여 "아무도 읽을 수 없"고, "누구도 들을 수 없다". 그와 같은 상황은 꼭 자연 현상에만 국한되는 것이 아니다. 가령 "한낮이 남긴 태양의 기침 소리"도 "병든 당신의 침대"에 "닿을 수 없"는 것이다. 화자는 그 상황에 놓인 "당신"을 구제해주지 못해 안타까워한다. 이것이 시인의 아픔이다.

(c)

거울 속 이사

김점용

용달차에 실린 화장거울이 눈발 속으로 달려간다
거꾸로 묶인 식탁의자 사이 벤자민 푸른 잎도 찰랑찰랑 딸려간다
거울 속에도 펄펄 눈이 내린다

싸고 깨끗한 집을 찾으려고 여기저기 돌아다니다
만리동 고개에서 마주쳤던 눈
날리는 눈송이 안이라도 따뜻한 방 한 칸 얻고 싶었는데,
부동산 유리문을 밀고 들어갈 힘이 없었다

그래, 다닥다닥 붙은 저 집들 속으로는 더 이상 들어가지 말자
고갯마루에 주저앉아 풀풀 날리는 눈발을 아득히 올려다보며
보이지 않는 먼 별자리를 새 주소로 삼고 싶었다

내 앞에서 나를 끌고 가는 저 화장거울은
한 집안의 살림살이 내력을 낱낱이 기억하고 있어서
이사를 할 때마다 안과 밖을 비춰보며 누추한 기억에 흔들렸을 거다

거울의 이쪽과 저쪽은 얼마나 멀까
지금의 바깥은 어디쯤에서 안쪽이 될까
거울 밖 눈으로 제 얼굴의 흠집을 지우듯
어떻게든 살아보겠다고
한사코 밀어내고 있는 생의 먼 저곳을

거울은 언제쯤 끌어다가 안쪽 얼굴에다 주검꽃으로 비춰줄 것인가

만리동 고개의 철없는 감상처럼
먼 저쪽이 있어서 이쪽을 가볍게 여길 줄도 알았는데
그건 또 그것대로 쉬운 이사는 아닐 것이다.

우연히 주민등록등본을 떼어보고서야 알게 된 이사의 이력
서른 군데도 넘게 옮긴 빽빽한 주소들이 알고 보면 다 새로운 별자리였다
거기서 살고 거기서 죽었으니
결국엔 거울을 사이에 두고 왔다 갔다 했다는 거다
거울에 부딪친 눈발이 내 어지러운 발자국을 안고 줄줄 흘러내린다
역시 바깥이 안쪽을 지운다는 거다

(『신생』 2017년 겨울호)

"우연히 주민등록등본을 떼어보고" "서른 군데도 넘게 옮긴 빽빽한 주소들"을 알게 된 작품 화자의 마음은 어떠했을까. 그래도 화자는 "알고 보면 다 새로운 별자리였다"고 긍정한다. "거기서 살고 거기서 죽었으니" 모두 좋은 명당 이었다는 것이다.

집안의 "거울"은 화자의 그 많은 이사를 보아왔다. 그리하여 "한 집안의 살림살 이 내력을 낱낱이 기억하고 있"다. 뿐만 아니라 "이사를 할 때마다 안과 밖을 비춰 보며 누추한 기억에 흔들렸"다. "다닥다닥 붙은 저 집들 속으로는 더 이상 들어가 지 말자"고 "고갯마루에 주저앉아 풀풀풀 날리는 눈발을 아득히 올려다보며/보이 지 않는 먼 별자리를 새 주소로 삼고"자 하는 이번 이사도 보고 있다. 따라서 위의 작품의 "거울"은 사회성을 띤다. (c)

바빌론의 서기들

김정진

완벽한 너를 사랑해서 우리가 비밀을 만들었다. 언젠가 너의 귀에 우리의 이야기가 들어갈 수 있도록.

밤은 필기체처럼 흘러가고 정원에 떠도는 판본 없는 소문을 모아야 할 때. 이야기는 키스처럼 입에서 입으로만 전해져서 마지막으로 그것을 받았을 땐 축축하게 번져 알아보기 어렵다네. 모름지기 소문이란 그래야 믿음직스러우므로.

비밀이 많은 책에는 글 대신 그림이 그려져 있고 숨을 곳이 많은 그 정원에는 아직도 발견되지 않은 시체들이 가득해. 밤마다 탐정에 도굴꾼에 돈이 떨어진 도박꾼 들이 야음을 틈타 나무를 베고 덩굴을 자르고 바위를 터뜨린다네. 그래도 나무는 자라고 꽃은 피고

어느 이야기에선 서른 송이의 장미가 나오는데 항간에는 서른일곱 송이로 전해지기도 하고 간혹 장미가 아닌 백합이라는 말도 있었지. 장미 가시에 찔려 죽는 사람은 백합이 등장할 땐 백합의 독에 죽고 디테일은 변해도 결말은 변하지 않는다. 우리는 이것을 믿었다.

너는 어떤 이야기가 가장 마음에 드는지.

미래의 사전을 미래가 오기 전에 완성했다는 너의 전설을 들었다. 그중에서 단어 하나가 잘못 인쇄되어 있다는 좀처럼 찾아보기 힘든 파본. 그것을 우리는 소중히 여겼다.

너는 광대한 정원 안에서도 새들마저 찾지 않는 황무지에 책을 소중히 품에 안고 누워 있었지. 길이 전해 내려오는 단단한 턱과 진한 입매. 진리를 탐색하는 눈빛은 썩어 없어졌지만 남들보다 두 마디는 더

70   2018 오늘의 좋은 시

길다는 길고 긴 손가락은 뼈마디가 여전했다. 사람들은 너의 사인이 가시인지 독인지 내기를 걸었다. 우리는 네가 안고 있던 책을 품속에 겹겹이 감싸안고 집으로 돌아와 풀어보았는데

　미리 발굴한 첫 번째 사전과 다른 단어 하나는 또다른 단어들에 영향을 끼쳐 사전의 결말이 서로 달라져 있었다. 마치 일부러 잘못 인쇄한 듯이. 이윽고 세 번째 사전이 발굴되었고 네 번째, 다섯 번째⋯⋯ 우리가 믿던 것이 무너진 뒤에 우리는 더 무엇을 믿어야 할지 몰랐으나

　너는 결코 예언자가 아니었다. 사람들은 단지 네가 만들어놓은 미래를 따라갔다는 것을 모른다

(『문학동네』 2017년 가을호)

고대 도시 바빌론은 무궁무진한 이야기를 품고 있는 신비로운 장소이다. 공중정원, 바벨탑, 바빌론 유수 등과 관련된 잘 알려진 이야기는 물론이고 아직도 채 발굴되지 않은 역사적 흔적들이 자리 잡고 있는 곳이다. 이런 기념비적인 건축물뿐 아니라 함무라비 법전을 비롯한 종교적, 학문적 유산도 풍부하다. 전모를 알 수 없는 고대의 유물은 다른 무엇보다 상상력을 강하게 자극한다. 이 도시에 사는 사람들은 지적인 호기심도 왕성하여 도시의 신전마다 서기학교(書記學校)가 있었다고 한다.

　　이 시는 바빌론의 서기들에 대한 상상을 드러낸다. 신비롭고 모호한 이 대상에 대한 상상은 시종일관 비밀스러운 느낌으로 이어진다. "판본 없는 소문", "비밀이 많은 책", "미래의 사전" 등 실체는 없이 호기심을 불러일으키는 언어들이 가득하다. 바빌론의 서기인 '너'는 완벽하며 신비롭기 그지없다. '너'는 미래가 오기 전에 미래의 사전을 완성했다는 전설의 주인공이다. 그중에 단어 하나가 잘못 인쇄되어 있다는 판본조차 '우리'는 소중히 여긴다. '너'의 마지막 자취는 광대한 정원의 황무지에 기다란 손가락으로 책을 안고 누운 자세로 남아 있다. 그런데 이 책은 미리 발굴한 첫 번째 사전과 결말이 다르다. 그 후로 계속해서 새로운 판본이 발굴되는데 계속해서 결말은 달라진다. 완전한 미래의 사전이 존재할 것으로 믿었던 '우리'의 믿음은 무너지고 만다. '너'는 결코 예언자가 아니었다. 미래는 정해져 있는 것이 아니라 계속해서 새로 만들어지는 것이었던 것이다. 고대 바빌론의 서기와 미래의 사전이라는 극명한 대비가 시간에 대한 상상을 활성화시킨다. (b)

10년

김주대

　"아빠 언제 와?"라고 자주 물었다. 수화기 너머 타다 만 연탄처럼 앉아 있을 아이의 목소리. 나는 한 번도 대답하지 못했다. 술에 취해 밤 안개처럼 떠돌다 스며들어 잠든 아이를 훔쳐본 적이 있었다. 꽃이 피고 지고 눈이 내리고 바람 불던 사이 사이에 "아빠 언제 와?" 목소리가 강물 위의 꽃잎처럼 솟았다 가라앉았다. 솟았다 가라앉았다. 언젠가, 꼭 한 번은 대답해줘야겠다고 결심하고 돌아보았을 때, 아이는 없고 아이의 자리에 청년이 서 있었다. 한 번 돌아보는 데 10년이 걸렸다. 눈이 큰 청년은 아무것도 묻지 않았다. 청년은 흰 나비가 날아다니는 걸 보다가 돌아서서는 나를 아버지이~ 하며, 낮고 길게 불러주었다.

(『작가들』 2017년 봄호)

이 시에서 시인은 아빠로 등장한다. 아빠인 시인은 해체된 가족의 가장인 듯하다. 실직을 한 탓일까. 아무튼 시인은 아이와 떨어져 살고 있다. 떨어져 살고 있는 아이와 통화를 하다 보면 아이가 자주 시인에게 "'아빠 언제 와?' 하고 묻는다." 아이의 이 물음을 들으면 시인의 마음이 아프지 않을 수 없다. 시인이 "수화기 너머 타다 만 연탄처럼 앉아 있을 아이의 목소리"라고 표현하는 것은 그래서이리라. 아빠인 시인은 제대로는 "한 번도 대답하지 못"한다. 물론 "술에 취해 밤 안개처럼 떠돌다 스며들어 잠든 아이를 훔쳐본 적"은 있다. "눈이 내리고 바람 불던 사이 사이에"도 "아빠 언제 와?"라는 아이의 "목소리가 강물 위의 꽃잎처럼 솟았다 가라앉"는다. 그러니 아빠로서는 마음이 젬병일 수밖에 없다. 시인은 "언젠가, 꼭 한 번은 대답해줘야겠다고 결심"을 한다. 그러나 정작 뒤를 "돌아보았을 때, 아이는 없고 아이의 자리에 청년이 서 있"다. 아이를 "한 번 돌아보는 데 10년이 걸"린 것이다. "눈이 큰 청년"이 된 아들은 이제 "아무것도 묻지 않"는다. 청년이 된 아들은 "흰 나비가" 되어 자유롭게 "날아다니는" 아버지를 "보다가 돌아서서는" "아버지이~ 하며, 낮고 길게 불러"줄 따름이다. 참된 자유를 찾아 가족이라는 울타리를 과감하게 깨뜨린 시인의 마음이 잘 드러나 있는 시이다. (a)

가을단장

김황흠

일을 끝내고 방죽에 서서 바라본 드들강변 하늘은
파란 물감을 엎질러놓은 것 같다
무궁한 색 속으로 제트기가 내놓은 한 줄 실구름은
지나온 시간의 길이다
자꾸만 어긋나는 날씨 같아도
노랗게 영그는 나락 이삭
치렁치렁 씨앗을 매단 피
밭둑 울타리에 반듯하게 놓인 맷돌 호박은
갈색으로 물들고
배롱나무 꽃이 낙화로 지워지고
먼저 갈 길 가듯 낙엽을 떨군 벚나무는
앙상한 가지를 드러낸다
몸통을 비워 꽃으로 피어내는 억새가 있고
철따라 왔다 가는 새 떼가 있는가 하면
떠나간 자리를 찾는 새 떼로 강은 다시 북적거린다
적적함이 물들기 시작할 무렵은
풀벌레 소리로 자지러지는 길
무엇 하나 베껴 써도
다 제자리를 향해 산그늘로 눕고
먼지 같은 하루를 씻어내는 물살은
밤 깊도록 선명한 소리를 짧은 잠에 얹는다

(『시와문화』 2017년 가을호)

늦가을은 풍요의 절정과 죽음의 초입이 공존하는 계절이다. 그리하여 한편으로는 "자꾸만 어긋나는 날씨 같아도/노랗게 영그는 나락 이삭/치렁치렁 씨앗을 매단 피"가 보이지만, "배롱나무 꽃이 낙화로 지워지"는 모습 또한 보인다. "밭둑 울타리에 반듯하게 놓인 맷돌 호박은/갈색으로 물들고" 있지만 "먼저 갈 길 가듯 낙엽을 떨군 벚나무는/앙상한 가지를 드러"내고 있다. "철따라 왔다 가는 새 떼가 있는가 하면/떠나간 자리를 찾는 새 떼로 강은 다시 북적거"리기도 한다.

작품의 화자는 이와 같은 계절 속에서 "지나온 시간의 길"을 바라본다. 유한한 존재로서 갖는 본성이기도 하지만, 이성적으로 자신의 시간을 인식하는 것이다. 그리하여 "먼지 같은 하루를 씻어내는 물살은/밤 깊도록 선명한 소리를 짧은 잠에 얹는" 것을 발견한다. 자신의 존재를 자각하는 순간마저 "물살"처럼 흘러가 화려한 단장 속에 들어 있는 가을의 허무가 무겁다. (c)

갈대숲

김후란

강진 바닷가
수만 평 갈대숲이
하늘과 맞씨름하고 있었다

그날 거친 바람에
이리저리 쓰러지는 몸
곧추세우며
서로의 어깨 부여잡고
힘껏 버티고 있었다

"나는 혼자가 아니다"
의연하게 자랑스럽게 외쳤다
서로를 지켜주는 힘이 있기에
쓰러지지 않고 살아갈 수 있다고
가늘고 긴 몸으로 물결치는 갈대

빗발 속에 빛나는 눈빛이
불꽃으로 퉁겨져 오르고 있었다

(『시작』 2017호 여름호)

위의 작품의 화자는 "강진 바닷가/수만 평 갈대숲이/하늘과 맞씨름하"는 것으로 보고 있다. "거친 바람에/이리저리 쓰러지는 몸/곧추세우며/서로의 어깨 부여잡고/힘껏 버티고 있음"을 발견한 것이다. 화자는 "갈대숲"을 "나는 혼자가 아니다"라고 "의연하게 자랑스럽게 외"치는 데서 볼 수 있듯이 연대하는 존재로 인식한다.

이와 같은 관점에서 보면 김수영 시인의 「풀」이 새롭게 읽힌다. "바람보다 늦게 누워도/바람보다 먼저 일어나고/바람보다 늦게 울어도/바람보다 먼저 웃는다"라고 노래한 근거가 이해되는 것이다. 풀의 집단성이야말로 민중성이다. "갈대숲"은 "서로를 지켜주는 힘이 있기에/쓰러지지 않고 살아갈 수 있다". (c)

변명

김희정

사람이 되기 위해 마늘과 쑥을 먹었다는 호랑이
책을 만나야 사람이 된다는 성인 말씀 뒤로하고
책을 통해 호랑이들에게 잘난 체하고 싶었다
불순한 생각으로 책을 쌓아
언제 무너질지 모르는 바벨탑을 만들었다
책이 많다며 손님마다 부러운 눈빛 보일 때
지적 호기심 때문에 수집가가 되었다며
책에 대한 다음 질문을 원천 봉쇄했다
결국 손 한 번 가지 않았던 책들을 보며
남은 내 시간 계산해보았다
하루에 한 권을 읽어 고희(古稀)를 만난다 해도
끝내 다 읽을 수 없을 것 같다
부지런 떤다 해도
술 먹어야지, 읽히지도 않는 시 써야지
삼 일 굶으면 담을 넘는다는 음식까지 챙기다 보면
신이 사람이 되지 못한 나에게
마지막 기회로 백 세를 준다고 해도
힘들 것 같다
책을 읽지 못했으니 잘난 척은 물 건너갔고
사람이 되겠다는 거창한 꿈
곰에게 양보한 지 오래되었다
이런 모습 뒤로했는데

지금도 책만 보면 눈길이 간다
사람이 되지 못해 생기는 일인데
자꾸 지적 호기심 때문이라며 중얼거린다

(『신생』 2017년 겨울호)

책(册)이란 한자를 살펴보려면 부수로 경(冂)을 찾아야 한다. 그런데 이 경은 매우 넓다. "옛날 사람들은 자신이 살아가는 지역을 읍(邑)이라 했고/읍의 바깥 지역을 교(郊)라 했고/교의 바깥 지역을 야(野)라 했고/야의 바깥 지역을 림(林)이라 했고/림의 바깥 지역을 경(冂)이라 했"(맹문재, 「책을 읽는다고 말하지 않겠다」)을 정도로 넓은 것이다. 따라서 산도 강도 사람도 짐승도 시장도 경 안에 들어 있어 책을 읽으면 이 세상을 이해할 수 있다. "책을 만나야 사람이 된다는 성인 말씀"이 통용되고, "책을 통해 호랑이들에게 잘난 체"도 할 수 있는 것이다.

그렇지만 위의 작품의 화자는 "남은 내 시간 계산해보"고 절망한다. "하루에 한 권을 읽어 고희(古稀)를 만난다 해도/끝내 다 읽을 수 없"기 때문이다. 그 이유는 "술 먹어야지, 읽히지도 않는 시 써야지/삼 일 굶으면 담을 넘는다는 음식까지 챙"겨야 하기 때문이다. 그리하여 "백 세를 준다고 해도" "잘난 척은 물 건너갔고/사람이 되겠다는 거창한 꿈"도 이룰 수 없다고 생각한다. 그런데도 화자는 "책만 보면 눈길"을 준다. 인간답게 살아가려고 하는 욕망은 포기할 수 없는 것이다. (c)

며늘아기에게

나태주

며늘아기야, 너는 우리 집에서 한 사람밖에 없는 이 씨다. 우리 집에는 너처럼 한 사람밖에 없는 김 씨가 있다. 그 사람은 바로 너의 시어머니. 어느 날인가 앞으로 내가 사람 구실을 하지 못하거나 세상에 없는 날이 오면 이 김 씨를 좀 부탁하자. 너도 한 사람밖에 없는 이 씨니까 이 김 씨를 좀 돌봐다오. 이 김 씨는 말솜씨도 좋지 않아 이렇게 저렇게 말을 둘러댈 줄도 모르고 속마음을 숨길 줄도 모르고 무엇보다도 작은 말이나 사소한 일에 마음의 상처를 잘 받는 사람이다. 몸집이 통통하고 그럴듯해서 튼튼한 것 같지만 그 반대인 사람이다. 말도 조심조심 하고 작은 일에 신경 써서 챙겨주면 어린아이처럼 많이 좋아하는 사람이란다. 이 씨야, 부디 이담에 내가 없을 때 이 김 씨를 네가 좀 보살펴다오. 친구처럼 이웃처럼 나이 든 언니처럼 때로는 어린아이처럼 말이다.

(『현대시학』 2017년 11 · 12월호)

며늘아기에게 보내는 편지 형식을 취하고 있는 시이다. 발신자는 시인이고, 수신자는 며늘아기이다. 수신자인 며늘아기에게 하는 발신자인 시인의 부탁이 시의 주요 내용을 이루고 있다. 시인은 먼저 며늘아기에게 "너는 우리 집에서 한 사람밖에 없는 이 씨"라고 말한다. 그리고 "우리 집에는 너처럼 한 사람밖에 없는 김 씨가 있다"고 덧붙인다. 시인이 나 씨이니 김 씨가 며늘아기의 "시어머니"일 것은 자명하다. 나 씨인 시인은 김 씨, 즉 "너의 시어머니"에 대한 걱정이 크다. 그래서 시인은 이 시에서 며늘아기에게 "앞으로 내가 사람 구실을 하지 못하거나 세상에 없는 날이 오면 이 김 씨를 좀 부탁하자"고 말한다. 우리 집에서는 "너도 한 사람밖에 없는 이 씨니" "이 김 씨를 좀 돌봐"달라는 것이다. "말을 둘러댈 줄도 모르고 속마음을 숨길 줄도 모르고 무엇보다도 작은 말이나 사소한 일에 마음의 상처를 잘 받는 사람"인 아내를 며늘아기에게 부탁하는 시인의 마음이 촉촉하다. "몸집이 통통하고 그럴듯해서 튼튼한 것 같지만 그 반대인 사람", "말도 조심조심 하고 작은 일에 신경 써서 챙겨주면 어린아이처럼" "좋아하는 사람"이 시인의 아내, 곧 시어머니이다. 며늘아기에게 "부디 이담에 내가 없을 때 이 김 씨를 네가 좀 보살펴다오"라고 하며 자신의 아내, 즉 시어머니를 며늘아기에게 부탁하고 있는 시인의 마음이 애절하다. 시어머니와 며늘아기가 "친구처럼 이웃처럼 나이 든 언니처럼 때로는 어린아이처럼" 친하게 지내면 얼마나 좋을까. 자신이 이승을 떠난 뒤에도 가족들이 서로 보살피며 살기를 바라는 시인의 마음을 잘 읽을 수 있는 시이다. (a)

나의 거룩

문성해

이 다섯 평의 방 안에서 콧바람을 일으키며
갈비뼈를 긁어대며 자는 어린것들을 보니
생활이 내게로 와서 벽을 이루고
지붕을 이루고 사는 것이 조금은 대견해 보인다
태풍 때면 유리창을 다 쏟아낼 듯 흔들리는 어수룩한 허공에
창문을 내고 변기를 들이고
방 속으로 쐐애 쐐애 흘려 넣을 형광등 빛이 있다는 것과
아침이면 학교로 도서관으로 사마귀 새끼들처럼 대가리를 쳐들며
흩어졌다가
저녁이면 시든 배추처럼 되돌아오는 식구들이 있다는 것도 거룩하다
내 몸이 자꾸만 왜소해지는 대신
어린 몸이 둥싯둥싯 부푸는 것과
바닥날 듯 바닥날 듯
되살아나는 통장 잔고도 신기하다
몇 달씩이나 남의 책을 뻔뻔스레 빌릴 수 있는 시립도서관과
두 마리에 칠천 원 하는 세네갈 갈치를 구입할 수 있는
오렌지마트가 가까이 있다는 것과
아침마다 잠을 깨우는 세탁집 여자의 목소리가
이제는 유행가로 들리는 것도 신기하다
하루가 멀다 하고 닦달하던 생활이
옆구리에 낀 거룩을 도시락처럼 내미는 오늘
소독 안 하냐고 벌컥 뛰쳐 들어오는 여자의 목소리조차
참으로 거룩하다

(『창작과비평』 2017년 여름호)

가난한 생활은 보기에 따라 가장 성스러운 광경을 이루기도 한다. 가령 고흐의 〈감자 먹는 사람들〉에 그려진 가난한 사람들의 모습에서는 모종의 경건하고 성스러운 분위기가 감돈다. 가진 것은 적어도 주어진 삶을 소중하게 여기고 함께할 수 있는 사람들의 영혼은 이미 범속한 경쟁에서 벗어나 자족적인 경지에 도달해 있기 때문일까.

　이 시에서 묘사되는 일상은 그야말로 최소한의 여건에서 생활하는 가족의 모습을 담고 있다. 태풍을 겨우 버틸 정도의 벽과 지붕을 이룬 집이지만, 어린 몸들은 "둥싯둥싯" 부풀고 통장 잔고는 "바닥날 듯 바닥날 듯" 되살아난다. 이렇듯 가볍고 밝은 느낌이 있어서 무거운 현실을 넘어선다. 집 가까이 저렴한 먹거리를 살 수 있는 '오렌지마트'도 있고, 아침마다 유행가 같은 목소리를 들려주는 세탁집 여자도 있다. 심지어 소독 안 하냐고 뛰어 들어오는 여자의 목소리조차 거룩하다고 느껴질 정도이다. 아침이면 학교로 도서관으로 흩어졌다 저녁이면 파김치가 되어 되돌아오는 식구들이 있기에 집은 거룩한 성소이다. 생활은 생각하기에 따라 극심한 족쇄가 되기도 하지만 면면이 거룩한 삶이기도 하다. 가난하고 소박한 삶에서 풍기는 성스러운 느낌이 독특한 분위기를 만들어내는 시이다. (b)

나는

문 숙

가나의 어느 부족에선 사람이 죽으면
관 모양이 생전의 직업에 따라 다르다고 한다
어부였던 사람은 배나 물고기 모양
구두장이였던 사람은 구두 모양의 관에 담긴다

시인이란 이름으로 살고 있는 나는
시집이나 펜 모양의 관을 그려보지만
아니다 시로써 돈을 벌어보지도 못했고
흔한 문학상으로 명예를 얻어보지도 못했으니
시인이라고 할 수도 없다
삼십 년을 주부로 살았으니
밥솥이나 냄비 모양을 생각해보지만
아니다 전업주부라 하기엔 시와 통정한 시간이 너무 길다
국적 없는 집시처럼 바람에 이끌리며 산 것이다

어느 한 곳에 내 전부를 던져본 적 없어
작가로서도 주부로서도 이념도 없고 신념도 없다
이 시대의 작가라면 이름이 올랐을 블랙리스트에도
나는 운 좋게 빠져 있는 시인이다
오늘을 살며 진보도 못 되고 보수도 못 되는 나는
붉은 깃발이나 태극기 모양은 더욱 아니다
가나식이라면 나는 죽어서도 관 모양이 없을 것 같다

(『문학청춘』 2017년 여름호)

이 시의 화자인 '나'는 물론 시인 자신이다. 시인 자신인 '나'의 정체성에 대한 성찰을 바탕으로 하고 있는 것이 이 시이다. 우선 '나', 곧 시인은 서아프리카의 작은 나라인 가나의 풍속부터 시에 끌어들인다. "가나의 어느 부족에선 사람이 죽으면/관 모양이 생전의 직업에 따라 다르다고" 하면서 말이다. 가나에서는 "어부였던 사람은 배나 물고기 모양/구두장이였던 사람은 구두 모양의 관에 담긴다"는 것이다. 그곳의 풍속에 따르면 "시인이란 이름으로 살고 있는 나는" 죽어 어떤 모양의 관에 담길까. 시인은 자신이 죽었을 때를 가정해 "시집이나 펜 모양의 관을 그려보지만" 쉽게 긍정하지 못한다. "시로써 돈을 벌어보지도 못했고/흔한 문학상으로 명예를 얻어보지도 못했"기 때문이다. 따라서 "삼십 년을 주부로 살았으니/밥솥이나 냄비 모양을 생각해보지만" 그것도 쉽게 긍정하지 못한다. "전업주부라 하기엔 시와 통정한 시간이 너무 길"기 때문이다. 급기야 그는 "국적 없는 집시처럼 바람에 이끌리며 산 것이" 자신이라는 생각을 한다. 자신의 정체성에 대해 반문을 보내고 있는 것이다. 마침내 시인은 자신을 "어느 한 곳에 내 전부를 던져본 적 없"는 사람이라고 받아들인다. "작가로서도 주부로서도 이념도 없고 신념도 없"이 사람, "블랙리스트에도" "운 좋게 빠져 있는" 사람이 자신이라는 것이다. "오늘을 살며 진보도 못 되고 보수도 못 되는" 시인은 저 자신의 삶에 대해 깊은 연민에 빠진다. 심지어는 "가나식이라면 나는 죽어서도 관 모양이 없을 것 같다"는 생각도 한다. 하지만 제대로 된 시인에게 진보와 보수는 선택의 사항이 아니다. 시정신 자체가 역사와 문화의 전위이고 첨단이라는 것을 잊어서는 안 된다.

(a)

시인

문효치

시인의 혼령은
나비가 되었다

'서정주'라고 써서
허공에 걸면

그 이름 이내 꽃이 되고
나비 날아왔다

저 꽃 없었으면
이 허공
어찌했을까

보내고 또 보내도
쉬임없이 오는
막막한 세월

저 꽃 없었으면
이 막막함
어찌했을까

(『시와표현』 2017년 6월호)

이 시의 시인은 시와 시인을 자유의 상징으로 보는 듯싶다. 우선은 이 시의 첫 구절인 "시인의 혼령은/나비가 되었다"가 그러한 생각을 들게 해준다. 나비야말로 자유의 관습적인 상징이기 때문이다. 아마도 시인에게는 자유의 이미지를 갖는 시와 시인의 표상이 '서정주'인 듯하다. 이러한 생각을 갖게 하는 것은 시인이 이 시에서 "'서정주'라고 써서/허공에 걸면//그 이름 이내 꽃이 되고/나비 날아왔다"라고 노래하기 때문이다. 나비가 시인이라면 꽃은 시일 터인데, 어쩌면 이들 구절에는 시인의 사적 체험도 들어 있는 듯싶다. 시인에게는 시가 없이 공허한 삶을 살기가 매우 힘들었을 것이기 때문이다. 생각할수록 삶이 지루하고 답답했을 것인데, 이러한 마음을 시인은 "저 꽃 없었으면/이 허공/어찌했을까"라는 구절을 통해 드러내고 있다. "보내고 또 보내도/쉬임없이 오는" 것이 "막막한 세월"이거늘, 시인이 생각하기에는 오직 시만이 그것을 견뎌내게 했을 것이라는 뜻이다. 시를 마무리하면서 강조하고 있는 "저 꽃 없었으면/이 막막함/어찌했을까"와 같은 구절도 동일한 맥락에서 이해해야 마땅할 것이다. 시인이 시를 매개로 하여 이승의 저 "막막한 세월"을 얼마나 잘 견디어왔는가를 십분 알 수 있게 해주는 시이다. (a)

다시, 길을 나서며

박관서

기적 소리 배인 작업복을 벗고
밖으로 나서니 하늘이 갈라졌다

갈라진 하늘의 반은 뒤로 가고 반은
앞으로 갔다 나는 움직이지 않고 걸어갔다

내 안으로 난 길을 따라
내 밖으로 난 길을 따라

그대를 만나러 갔다 거기에서 다시
소란과 기차와 슬픔과

음행을 만나야겠다 언제까지
돌아오지 않으면서, 돌아오고 있는

그대를 만나야겠다 그리하여
용서 없이 사랑해보련다, 할!

(『시와사람』 2017년 겨울호)

위의 작품의 화자는 "기적 소리 배인 작업복을 벗고/밖으로 나"선다. 화자는 자신의 그 행동을 "다시, 길을 나서"는 것으로 인식한다. 그리하여 걸어가는 동안 "하늘이 갈라"지는 것을 느낀다. "갈라진 하늘의 반은 뒤로 가고 반은/앞으로"가는 것을 느끼는 것이다.

화자 역시 "내 안으로 난 길을 따라/내 밖으로 난 길을 따라" 걸어간다. 이와 같은 이유는 "그대를 만나"기 위해서이다. "그대"가 있는 "거기에서 다시/소란과 기차와 슬픔"은 물론이고 "음행을 만나"려는 것이다. 비록 "작업복"을 벗었지만 그것에 뿌리를 박고 자신이 원했던 가치를, 다시 말해 "작업복" 의식을 "용서 없이 사랑해보"려는 것이다. "작업복"에 밴 땀과 눈물과 아픔은 절박한 것이어서 화자가 추구하는 희망은 간절한 것이다. (c)

매화의 전설

박노식

지난밤, 셀 수 없는 별들이 내려와서 누구도 돌아가지 못했습니다

잠 못 이루는 사람들과 두 주먹이 필요한 사람들과 아직도 슬퍼하는
사람들……

잠시 손을 잡고 눈을 맞추고 가슴을 맞대며 우는 사이, 새벽이 왔습
니다

바다로 간 별들은 은빛처럼 부서져 노래가 되었습니다

갈 수 없는 찬 별들이 나무마다 숨어서 꽃을 피웠습니다

(『시와사람』 2017년 여름호)

"매화의 전설"이란 다름 아니라 천상의 "별들"이 지상의 인간들을 사랑하는 것이다. 지상에는 "잠 못 이루는 사람들과 두 주먹이 필요한 사람들과 아직도 슬퍼하는 사람들"로 가득 차 있다. 그 모습을 가엽게 여긴 "별들"이 지상으로 내려와 "잠시 손을 잡고 눈을 맞추고 가슴을 맞대며 우는 사이, 새벽이" 오고 말았다. 하늘로 돌아갈 시간을 놓치고 만 것이다. 그리하여 "지난밤, 셀 수 없는 별들이 내려와서 누구도 돌아가지 못"하는 대신 "바다로" 가 "은빛처럼 부서져 노래가 되었"고, "나무마다 숨어서 꽃을 피웠"다.

　천상의 "별들"이 지상으로 내려와 피운 "꽃"을 바라보는 화자의 눈길은 따스하기만 하다. 점점 늘어나는 비인간적인 사건들에서 보듯이 사람들은 꽃을 못 보고 있다. 지상의 향기를 맡지 못하고 있는 것이다. 따라서 화자가 발견한 "꽃"들을 보면 인간을 사랑하는 "별들"이 보인다. (c)

석류

박수빈

붉게 벌어지는 저 입을 악어라고 부르는 순간
석류는 비로소 석류라는 이름에서 벗어난다

빤질한 아가리가 되려고 태양을 우러르며
내 안에 자라는 늪을 겨냥하는가
밤이면 달빛을 베어 먹는 악어
목구멍을 조여와 달빛이 일렁거려

토해지는 이빨들은 냄새나는 주검처럼 박힌 못들
어떻게 살아 펄떡이는 말들이 되나
둥근 감촉 속 알알이 맺힌 저 핏빛 악(惡), 악(惡) , 어(語)들

턱관절을 벙긋할 때 잇몸이 으악
세상의 질서란 똑같은 발성으로 일제히 따라하는 으악

석류라고 쓰고 석양이라고 읽을 수도 있다
석유 냄새 미끄러질 때 날개는 돋치고 의미는 규정하지 않는다

더러 죽고 더러 깃털 흩어지지만
악어는 눈물을 흘리지 않는다

악어들이 덤벼든다 으아악

(『문학청춘』 2017년 겨울호)

"붉게 벌어지는 저 입을 악어라고 부르는 순간/석류는 비로소 석류라는 이름에서 벗어난다"라는 역설은 "석류"의 생명력을 부각시킨다. "석류"는 단순한 식물의 이름이 아니라 "빤질한 아가리가 되려고 태양을 우러르며" 존재하는 대상이 되는 것이다. 그와 같은 열망을 지녔기에 "밤이면 달빛을 베어 먹는 악어"가 된다.

작품 화자의 "석류"에 대한 인식은 이름보다 실체를, 의미보다 본질을 추구하는 것이다. 곧 "석류"의 생명력을 노래하는 것이다. "둥근 감촉 속 알알이 맺힌 저 핏빛 악(惡), 악(惡), 어(語)들"에서도 볼 수 있듯이 "석류"의 생명력은 매우 열정적이다. "더러 죽고 더러 깃털 흩어지지만/악어"처럼 "눈물을 흘리지 않"고 "턱관절을 벙긋"하는 것이다. (c)

영화를 보았을 뿐인데

박순원

　연극을 보았을 뿐인데 소설을 읽었을 뿐인데 정신적으로 감염되었
다 은연중에 내가 알지 못하는 사이에 나는 TV 드라마를 보았을 뿐인
데 드라마를 보는 사이사이 광고를 보았을 뿐인데 치맥을 시켜놓고 야
구를 보았을 뿐인데 지하철을 탔을 뿐인데 버스로 갈아탔을 뿐인데 길
을 걸었을 뿐인데 감기약을 사면서 약사와 잠깐 이야기를 나누었을 뿐
인데 이 도시의 공기로 숨을 쉬었을 뿐인데 부지불식간에 시나브로 나
는 정신적으로 감염되었다 오만 원권 신사임당을 보면서 천 원권 퇴계
오천 원권 율곡 만 원권 세종대왕을 보면서 백 원짜리 동전 이순신 장
군을 만지작거리면서 오백 원짜리 날아가는 학 오십 원짜리 잘 익은 벼
이삭을 쓰다듬으면서 나는 내가 알지 못하는 어떤 사람이 되었다 십 원
짜리 다보탑은 예전보다 많이 가벼워졌다

(『시와경계』 2017년 가을호)

중간에 많은 사설이 들어 있기는 하지만 이 시의 초점은 "나는 정신적
으로 감염되었다"는 구절에 있다. 나날의 삶이라는 것이 끊임없이 한 개인의 정
신을 감염시키기 마련이라는 것을 에둘러 표현하고 있는 것이 이 시이다. 따라
서 어떤 삶을 사느냐, 곧 어떤 연극을 보고, 어떤 책을 읽느냐가 중요할 수밖에 없
다. 시인의 말처럼 "연극을 보았을 뿐인데 소설을 읽었을 뿐인데 정신적으로 감염
되"는 것이 현실이기 때문이다. 이 시에서 시인이 "정신적으로 감염되었다"는 것
은 무엇에 감염되었다는 것인가. 시인이 말하는 "은연중에 내가 알지 못하는 사
이에" "TV 드라마를 보았을 뿐인데 드라마를 보는 사이사이 광고를 보았을 뿐인
데 치맥을 시켜놓고 야구를 보았을 뿐인데" "정신적으로 감염되었다"는 것은 말
할 것도 없이 자본주의의 생활방식에 감염되었다는 것을 가리킨다. 지금 이곳을
살아가는 모든 사람들에게 자본주의적 생활방식이 깊이 자동화되어 있다는 것은
불문가지이다. 따라서 시인이 여기서 정신적으로 감염되었다고 주장하는 것의 실
체가 돈이고, 자본이라는 것은 자명하다. "감기약을 사면서 약사와 잠깐 이야기를
나누었을 뿐인데 이 도시의 공기로 숨을 쉬었을 뿐인데 부지불식간에 시나브로"
"정신적으로 감염되"어 있는 시인, 시인이 실제로 감염된 것은 "오만 원 권 신사임
당을 보면서 천 원 권 퇴계 오천 원 권 율곡 만 원 권 세종대왕을 보면서 백 원짜
리 동전 이순신 장군을 만지작거리면서"라는 것이다. 그러니 이렇게 변한 시인이
저 자신을 잘 "알지 못하는 어떤 사람", 낯선 사람으로 받아들이는 것은 당연하다.

(a)

겨울 밤,

박종국

보고 싶은 정이야 못 참을까마는
어둠을 잔뜩 물고 있는
보이는 것이라고는 아무것도 없는
창문에서는 문풍지만 울어대고
들을 만큼 들은 소문같이
살갗을 에는 찬바람만이 목덜미에 와 닿는
깊을 대로 깊어진 겨울 밤,
말은 끊어지고 바람소리뿐이다
바람이 바람을 부르는, 바람 찢어지는 소리
기다림이 소리 없이 울어대는
가슴 미어지는 소리 같아
그대로 아픔이 되는
바람 아닌 바람소리
그래도 얼어붙은 잎눈을 꼬옥 쥐고
윙윙 울어대는 앙상한 나뭇가지
제 발밑에서 들려오는
제 발소리에 귀를 기울이는
그곳에서도 해와 달은 뜨고 지고 있어
온갖 초록들이 내뿜는 향기
허공에서 아롱거리는 무지개 같은
그런 정을 쫓아 잠에 들고 꿈을 꾸는
시간이 축 늘어진 밤이다

(『서정시학』 2017년 가을호)

많은 시인들이 겨울밤을 시로 노래해온 바 있다. 일제강점기 이래 적잖은 시인들이 자기 시대를 어둠이 지배하는 겨울밤으로 인식해왔다는 것이다. 이 시에서도 겨울밤과 그에 따른 이미지는 시인이 견뎌온 시대를 뜻할 수 있다. 물론 이 시에서의 겨울밤과 그에 따른 이미지를 반드시 자기 시대의 알레고리로만 읽을 필요는 없다. 있는 그대로의 겨울밤과 함께하는 자연의 이미지로 읽어도 무방하다는 뜻이다. 우선은 시인이 "어둠을 잔뜩 물고 있는/보이는 것이라고는 아무 것도 없는/창문에서는 문풍지만 울어대고/들을 만큼 들은 소문같이/살갗을 에는 찬바람만이 목덜미에 와 닿는" 등의 수식어를 통해 겨울밤을 호명하고 있는 것을 알 수 있다. "말은 끊어지고 바람소리"만 들리는, "바람이 바람을 부르는, 바람 찢어지는 소리"만 들리는, "기다림이 소리 없이 울어대는", "가슴 미어지는" 것 같은 바람소리만 들리는 것이 이 시에서 시인이 느끼는 겨울밤이다. 겨울밤을 수식하는 이들 말을 통해 독자들이 느낄 수 있는 것은 시인의 심리적 절박감이다. 시인의 마음의 상태가 이러하니 이러한 겨울밤을 자연현상만으로 받아들이기는 아무래도 어렵다. 이는 특히 "얼어붙은 잎눈을 꼬옥 쥐고/윙윙 울어대는 앙상한 나뭇가지"가 "제 발밑에서 들려오는/제 발소리에 귀를 기울이는/그곳에서도 해와 달은 뜨고 지고" 등의 구절 때문에 그렇다. 시인이 생각하기에 "제 발소리에 귀를 기울이는/그곳"은 "온갖 초록들이 내뿜는 향기"가 "허공에서 아롱거리는 무지개 같은" 곳이기 때문이다. 이 "무지개 같은" 곳"이 그가 꿈꾸는 이상세계일 것임은 불문가지이다. 시인이 지금의 겨울밤을 "시간이 축 늘어"져 있기는 하지만 "정을 쫓아 잠에 들고 꿈을 꾸는" 때라고 말하고 있다는 것을 잊어서는 안 된다. (a)

박찬세

박찬세

내 이름은 박찬세
도울 찬(贊) 자에 세상 세(丗) 자
세상을 돕고 살라고
할아버지가 돌아가시기 전
비싼 돈 주고 받아온 이름

우성국민학교 지나 우성중학교 지나
유구공고 들어가 도시락 검사 전까지
참새라고 불리던 이름

도시락 검사하는데 반찬이 새서
반찬새라고 불리던 이름
세상을 돕기는커녕
반찬통 집어던지며 싸움박질만 하게 만들던 이름

군대에 가서는 다짜고짜 씹새가 된 이름
고참들이 씹새라고 부르면
내 이름은 박찬세
목이 터져라 관등성명을 대게 하던 이름

제대하고 시를 쓴 이후에야 찾게 된 이름
참새였다가 반찬새였다가 씹새였다가

내 귀로 날아와 쪼아대던 새들의 고향

시인이 되었지만 세상에 도움은 못 되고
가끔 들리는 씹새 소리에
무심코 쳐다보게 만드는 내 이름 박찬세

(『시와표현』 2017년 12월호)

누구나 저 자신이 누구이고, 무엇인지 궁금해질 때가 있다. 저 자신의 정체성을 찾고 싶은 것이다. 이는 흔히 저 자신의 이름을 통해 탐구되기 일쑤이다. 그렇다. 이름을 통해 저 자신이 누구이고 무엇인지 묻고 따져보는 사람이 많다. 시인들이 '자화상'이라는 제목으로 시를 쓰는 것도 실은 이러한 이유에서이다. 따라서 이 시는 일종의 '자화상'이라고도 할 것인데, 우선은 저 자신의 이름이 갖고 있는 자의(字意)부터 따져보고 있는 것이 시인이다. "도울 찬(贊) 자에 세상 세(世) 자", "세상을 돕고 살라고 할아버지가" "비싼 돈 주고 받아온" 것이 시인의 이름인 '찬세'인 것이다. 이처럼 훌륭한 뜻을 갖고 있지만 아직은 자신의 이름이 지니고 있는 뜻대로 살지 못한 것이 시인의 삶인 듯하다. "우성국민학교 지나 우성중학교 지나/유구공고 들어가 도시락 검사 전까지는/참새라고 불"린 것이 시인인 것만 보더라도 이는 잘 알 수 있다. 뿐만 아니라 유구공고 때는 "도시락 검사하는데 반찬이 새서/반찬새라고 불"린 것이 시인이다. 그 무렵에는 "세상을 돕기는커녕/반찬통 집어던지며 싸움박질만 하게 하던 이름"이 박찬세라는 것이다. 이름과 관련해 저 자신에게 긍정적이지 못한 체험은 군대에 가서까지도 계속된다. 그것이 "다 짜고짜 씹새가 된 이름/고참들이 씹새라고 부르면/내 이름은 박찬세/목이 터져라 관등성명을 대게 하던 이름"이기 때문이다. 하지만 시인은 "제대하고 시를 쓴 이후"에 자신의 이름이 갖고 있는 의미를 되찾게 된다. 무엇보다 이는 자신의 이름과 삶을 객관화시켜 받아들이면서부터가 아닌가 싶다. 물론 이는 저 자신의 이름과 삶을 타자의 이름과 삶으로 받아들이면서라고 해야 옳다. 랭보식으로 말하면 '나는 타자'라는 것을 깨달으면서라고 할 것이다. 그러니 그가 "참새였다가 반찬새였다가 씹새"가 되는 말 따위에 연연치 않게 되었으리라는 것은 당연하다. 아직도 "가끔 들리는 씹새 소리에" 상대를 "무심코 쳐다"볼 뿐이기는 하지만 말이다. (a)

삼재(三災)

박현수

올해 범띠 개띠 말띠가 삼재라고
절에서 준 달력을 주며 어머니는 조심하라신다
삼재에 든다는 들삼재도 아니고
삼재에서 나간다는 날삼재도 아니고
삼재에 묵어간다는 묵삼재라니 특히 조심하라신다
삼재 얘기만 나오면 펄펄 뛰던 형이
큰 어려움에 처한 터라 어머니 말을 묵묵히 듣는다
아우도 말없이 듣는다
삼재를 잴 수 있다면 이 침묵의 무게일 것이다
삶에 닿은 시간들이
눈에 보이지 않은 것들에 자꾸 무게를 보탠다
젊은 날 부정했던 많은 것들이
나이 들면서 이렇게 슬그머니 복권된다
그래도 내 마음은 마지막 계명을 왼다
그림자 없는 것은 그림자 없는 것일 뿐이라는 것
구 년마다 돌아오는 삼재처럼
한 번이라도 삶이 공평한 적이 있던가요, 어머니
삼재가 있다면 삶 자체가 삼재이겠지요
태어나는 날이 들삼재이고
살아가는 나날이 묵삼재이려니
우리는 죽어서야 날삼재로 삼재를 벗어나는 것이겠지요
태어났으니 이미 삼재에 든 셈,

삶이 고해라는 부처님 말씀도 이런 뜻 아니었을까요
그래서 견딘다는 말이
지상에서 배운 가장 슬픈 말이겠지요
눌삼재에 들었다는 삼형제,
삶의 심해에 들었으니 심호흡밖에 할 것이 따로 없네요
어머니에게 하고 싶은 말도 묵묵할 뿐이다

(『문학청춘』 2017년 봄호)

"삼재"는 십이지로 따지는 불길한 운수로 사람들에게 9년마다 돌아온다. "삼재"가 든 첫 해를 "들삼재", 둘째 해를 "묵삼새"(누울삼재, "눌삼재"), 셋째 해를 "날삼재"라고 부른다. 따라서 사람들은 자신에게 닥칠지 모르는 화재, 수재, 풍재의 세 가지 큰 재난을 막기 위해 부적을 마련하는 등 비책을 마련한다. 그 비책 중에서 가장 중요하고도 손쉬운 것은 "올해 범띠 개띠 말띠가 삼재라고/절에서 준 달력을 주며 어머니"가 말씀하시듯 "조심하"는 것이다.

　　대체로 사람들은 "삼재 얘기만 나오면 펄펄 뛰던 형"처럼 미신이라고 여긴다. 그렇지만 "큰 어려움에 처한 터"가 있는 "형" 같은 사람들은 "묵묵히 듣는다". "삶에 닿은 시간들이/눈에 보이지 않은 것들에 자꾸 무게를 보"태기에 무시하지 못하는 것이다. 작품의 화자가 "젊은 날 부정했던 많은 것들이/나이 들면서 이렇게 슬그머니 복권된다"고 토로한 것도 마찬가지이다. 그리하여 "삶이 고해라는 부처님 말씀"이 통용된다. ⓒ

아침이 너무 좋아

박형준

내가 이 나무에서 저 나무로
눈빛을 건네면 나무 잎사귀가 피어난다
아이들과 노인들이 친구가 된다
그래서 햇살이라는 말에는
아침이라는 말을 꼭 앞에 붙여야 한다
산책길에 허물만 남겨놓고 빠져나간 뱀
밤늦게 연락도 없이 왔다가
스타킹을 둘둘 말아 벗고 떠난 여자처럼
말린 허물만 남겨놓고 사라진 뱀의 감촉
물에 떠내려가지 않고
길가 숲 속에 배를 뒤집고 죽은
물고기의 눈에 비친 초록
돌돌 말렸던 잎사귀들이 몸을 펴고
강물은 눈부시고 잔잔하기만 한데
봄의 아침 장례식엔 허물들이 많다

(『현대시』 2017년 6월호)

햇살이 퍼지는 봄날 아침의 정경이 싱그럽다. 햇살이 빛의 화살을 던지면 나무 잎사귀가 기지개를 켜듯 피어난다. 아이들과 노인들은 아침 햇살을 나누는 친구가 된다. 햇살이라는 말은 아침이라는 말과 단짝이다. 아침이면 우산살이 펴지듯 햇살이 퍼져나가 사위를 비춘다. 햇살이 닿은 산책길에는 허물만 남겨놓고 빠져나간 뱀의 흔적이 있다. 밤늦게 왔다 스타킹만 벗어놓고 떠난 여자처럼 봄 햇살 아래 뱀이 남긴 말린 허물은 이물스럽다. 길가 숲 속의 얕은 물에는 배를 뒤집고 죽은 물고기가 떠 있다. 죽은 물고기의 눈에 초록이 가득하다. 햇살 받은 나뭇잎들이 몸을 펴며 들어차고 있다. 봄 햇살이 더욱 눈부신 까닭은 춥고 어두운 시간을 지나왔기 때문일 것이다. 봄날 아침 장례식엔 허물들이 많지만 죽음 너머 움트는 생명들로 북적인다. 봄 햇살이 그러하듯 이 시에는 어둠과 죽음의 이면에서 소생하는 생의 밝은 기운이 충만하다. (b)

어루만지네

백무산

차들이 다니는 시멘트 포장길
가운데 금이 간 곳

키 낮은 쑥부쟁이 한 송이 가을 지나 초겨울
찬바람에 아슬아슬 꽃을 피우고 있네

오가는 차들의 비명에
스무 개도 넘던 꽃잎들 뭉텅 뜯겨나가
겨우 세 잎 앙상하게 달고 있네

다가가려 하기도 전에
그가 먼저 젖은 눈길을 주네
손을 내밀기도 전에 그가 날 가엽게 반기네

너 아프구나,
그가 먼저 내 아픔에 손길을 주네

내가 아주 슬프고 슬픈 시간에도 교만은 남아
아픈 저들에게도 위로를 먼저 받네

(『시와정신』 2017년 여름호)

시인은 지금 "차들이 다니는 시멘트 포장길/가운데 금이 간 곳"에 서 있다. 그곳에는 "키 낮은 쑥부쟁이 한 송이 가을 지나 초겨울/찬바람에 아슬아슬 꽃을 피우고 있"다. 그로서는 "찬바람에 아슬아슬 꽃을 피우고 있"는 "키 낮은 쑥부쟁이 한 송이"가 안쓰럽기만 하다. "오가는 차들의 비명에/스무 개도 넘던 꽃잎들 뭉텅 뜯겨나가/겨우 세 잎 앙상하게 달고 있"는 것이 쑥부쟁이다. 형편이 이러하니 시인으로서는 쑥부쟁이에게 측은지심을 느끼지 않을 수 없다. 이러한 측은지심, 이러한 연민이 없이 어찌 시인이라고 할 수 있겠는가. 하지만 쑥부쟁이와의 관계에서 정작 아는 체를 하는 것은 나보다 쑥부쟁이가 먼저이다. 내가 "다가가려 하기도 전에" "젖은 눈길을 주"는 것이 쑥부쟁이라는 말이다. 그래서일까. 시인은 내가 "손을 내밀기도 전에 그가 날 가엽게 반기"고 있다고 말한다. 시인의 말에 따르면 "너 아프구나" 하며 "먼저 내 아픔에 손길을 주"는 것이 쑥부쟁이다. 이 시를 통해 시인은 "아주 슬프고 슬픈 시간에도 교만은 남아/아픈 저들에게도 위로를 먼저 받"는 저 자신의 현존을 성찰하고 있다. 시인의 경물사상을 십분 엿볼 수 있는 것이 이 시이다. (a)

쓰나미 같은 시간 속에

백애송

제자리를 찾지 못하고
헤매는 사이
쓰나미 같은 시간 속에
나는 서 있다

노란 선에서 핸들을 돌린
그 순간, 어디선가
호루라기 소리가 들린다
면허증을 보여주는 손이 부끄럽다

종이컵은 사라지고
커피만 흐른다, 주르르
시간이 식어간다

점검 중인 엘리베이터
십 층까지 걷는다
걷다 쉬다를 반복한다
걸어야 산다

가방에 있던 우산
책상에 두고 나온 오후
내리는 비, 내리는 것들

다 바닥으로 꽂힌다

늦여름을 울어대는 귀뚜라미
초가을의 매미 울음소리
비 그림자 사이, 지저귀는 참새
물을 주지 않아도
초록은 저 스스로 자란다

간밤에 봉지를 열어놓은
바게뜨 같은 아침

(『시산맥』 2017년 봄호)

현대인의 삶은 늘 바쁘다. 시인의 삶도 이는 마찬가지인 듯하다. 이 시에서 그가 "쓰나미 같은 시간 속에" "제자리를 찾지 못하고" 정신없이 "헤매"며 살고 있다고 고백하기 때문이다. 시인이 너무 분주해 헤매며 살고 있는 것은 운전을 할 때도 마찬가지인 것 같다. 정신없이 서두르다 보면 "노란 선에서 핸들을 돌"릴 때가 있는데, "그 순간, 어디선가" 경찰의 "호루라기 소리가 들"리면 얼굴이 후끈 달아오르기 마련이다. 이때 "면허증을 보여주는 손이 부끄"러워지는 것은 너무도 당연하다. 특별히 급하다 보면 종이컵을 놓지 않고 머신의 버튼을 눌러 "커피만 흐"르게 할 때도 있다. 그럴 때면 시인은 "시간이 식어"가는 것을 느끼기도 한다. "점검 중인 엘리베이터"를 기다리지 못하고 "십 층까지" 걸어가는 것도 실제로는 조급한 마음 때문이다. 이 조급한 마음, 속도와 시간에 쫓기며 사는 것이 그를 비롯한 현대인의 심리적 특징이라는 것은 이론의 여지가 없다. 지나치게 조급하다 보면 심지어 비가 내리는 날 "가방에 있던 우산/책상에 두고 나"올 때도 있다. 자연의 속도에 맞춰 한가하게 살면 얼마나 좋을까. "늦여름을 울어대는 귀뚜라미/초가을의 매미 울음소리" 맞춰 살면 말이다. 인간의 의지가 가해지지 않아도 "초록은 저 스스로 자"라지 않는가. 아침에 먹을 바게뜨빵을 "간밤에 봉지를 열어놓"는 바쁜 마음이 시인은 싫은 것이다. (a)

저쪽에 내리는 비에 젖다

변종태

잘못 내린 정류장

세 바퀴로 굴러가는 자동차를 보았습니다

늙은 능소화가 힘겹게 울타리를 넘고

출입금지 팻말이 붙어 있는 철조망 너머

꼬리 잘린 도베르만이 눈을 부라리고 있습니다

낯선 땅에 이민 온 표정으로

바람이 불고 있습니다

짝짝이 슬리퍼를 신은 여자가 유모차를 밀고 갑니다

움푹 파인 도로에 빗물이 고여 있습니다

능소화가 웅덩이 쪽으로 손나팔을 붑니다

붉은 자동차가 세 바퀴로 굴러갑니다

휘청이는 유월이 도로 위에 울퉁거립니다

배추흰나비 한 마리 붉은 담장을 넘어갑니다

비를 맞으면서 비를 맞지 않으면서

(『태백』 2017년 8월호)

위의 작품의 화자는 "잘못 내린 정류장"에서 예상하지 못했던 장면들에 맞닥뜨린다. "세 바퀴로 굴러가는 자동차"며 "늙은 능소화가 힘겹게 울타리를 넘"는 것을 본 것이다. "출입금지 팻말이 붙어 있는 철조망 너머"에 "꼬리 잘린 도베르만이 눈을 부라리고 있"기도 했다. "짝짝이 슬리퍼를 신은 여자가 유모차를 밀고" 있었고, "움푹 파인 도로에 빗물이 고여 있"었다. "휘청이는 유월이 도로 위에 울퉁거"렸던 것이다.

화자는 자신에게 익숙한 이쪽에서 보지 못했던 그 상황들에 적지 않은 충격을 받는다. 그리하여 "낯선 땅에 이민 온 표정으로" 불어오는 저쪽의 "바람"을 맞는다. 용산 참사, 세월호 참사, 화재 참사, 유류 유출 사고, 노숙자, 고공 농성 노동자…… "저쪽에 내리는 비에 젖"는 화자에게 응원을 보낸다. (c)

세종갤러리카페에서

오늘도 위층에선 탁탁탁 망치질 소리 들린다
난 망치 소리에 리듬을 맞춰 줄줄 자판을 두드린다
목구멍이 따끔따끔하다

국사봉 부근에서 비치는 아침 햇살이 차갑게 빛나고 있다
신랑이 일 끝나기를 기다린다는 여자는
카페 문 열자마자 들어와서는 오전 내내
창밖 아파트 공사장에서 눈을 뗄 줄 모른다
―끝나면 부근 원룸 보려 갈려구요
여자는 식은 찻잔을 두 손으로 만지며 볼을 붉힌다
난방기의 온도를 높였는데도 다리가 후들거린다
겨울바람을 먹은 철근 다리로 우뚝 서서
여왕개미는 타워크레인 긴 더듬이를 허공에서 분주하게 움직인다
자기 덩치보다 큰 먹이를 나르던 베트남, 인도네시아, 캄보디아
중국에서 건너온 일개미들이 비계 사이를 미끄럽게 넘나든다

희끗희끗 날리는 눈발 사이로
일렬로 언덕을 내려오는 사내들이 보이자
여자는 몸을 튕겨 밖으로 나간다

난 모래가 잔뜩 묻어 있는 식도 위로 계속해서 침을 삼킨다

시인은 지금 '세종갤러리카페'에 앉아 있다. '세종갤러리카페'는 입주가
덜 된 새로 지은 건물에 자리해 있는 것 같다. "오늘도 위층에선 탁탁탁 망치질 소
리 들"려오기 때문이다. 예의 카페에 앉아 있는 시인은 지금 "망치 소리에 리듬
을 맞춰" 컴퓨터의 "자판을 두드"리고 있다. "국사봉 부근에서 비치는 아침 햇살
이 차갑게 빛나고 있"는 아직은 오전의 시간이다. "여자"도 이 카페에 함께 앉아
있는데, 이 여자는 "신랑이 일 끝나기를 기다"리고 있는 것이다. 신랑이 일하는 곳
은 창밖으로 보이는 "아파트 공사장"이다. 이 여자가 "창밖 아파트 공사장에서 눈
을 뗄 줄 모"르기 때문이다. "식은 찻잔을 두 손으로 만지며 볼을 붉"히는 여자는
신랑의 일이 "끝나면 부근 원룸을 보러 갈려"고 한다. 겨울이라서 카페 안은 좀 춥
다. "난방기의 온도를 높였는데도 다리가 후들거린다". 창밖의 아파트 공사장에서
는 타워크레인이 "허공에서 분주하게 움직"이고 있다. 실제로는 이 공사장에서 일
하는 사람들 대부분이 "베트남, 인도네시아, 캄보디아"에서 온 외국인 노동자들이
다. 더러는 "중국에서 건너온" 노동자들도 있다. 이들 외국인 노동자들을 바라보
는 시인의 시선이 안쓰러움으로 가득 차 있다. 급기야 시인의 눈에 "희끗희끗 날
리는 눈발 사이로/일렬로 언덕을 내려오는 사내들이 보"인다. 이들 사내가 눈에
보이는 것은 여자의 경우에도 마찬가지이다. 신랑을 맞으려 "여자는 몸을 퉁겨 밖
으로 나간다". 여자를 지켜보고 있던 시인이 지금 할 수 있는 것은 "모래가 잔뜩
묻어 있는 식도 위로 계속해서 침을 삼"키는 것뿐이다. 안쓰럽기는 시인도 마찬가
지이다. (a)

능소화에게 이 여름은 무엇이었을까?

성선경

너는 가고 없는데
네 발자국은 여전히 남아서
대낮에도 힐끔거리고
개는 마중이라도 할 듯 짖는다
아직도 은행 창구에서는 도장이 필요하고
여름은 도장밥처럼 벌겋다
너는 진작 가고 없는데
네 발자국만 남아서
여름은 쉽게 끝날 것 같지도 않고
대낮에도 개가 짖는다
너는 가고 없는데
담벼락은 결재가 끝난 서류처럼
도장밥으로 벌겋고
네 발자국도 따라서 벌겋고
너는 가고 없는데 여름은 쉬 끝날 것 같지 않고
너는 진작 가고 없는데
미칠 것 같은 저 능소화
잡지 마라 잡지 마라 달아나는
저 발자국

(『현대시학』 2017년 6월호)

시의 나라에서 최고의 여름 꽃은 단연 능소화라고 할 수 있다. 능소화의 강렬한 붉은빛에 시인들은 무심하지 못하다. 깔끔하게 떨어져 누운 능소화의 마지막 모습도 시심을 불러일으키는 데 한몫한다. 떠난 이의 발자국처럼 점점이 찍힌 붉은 자취가 마음을 흔든다. 떨어진 능소화 꽃잎이 발자국을 연상시키고, 발자국은 다시 개 짖는 소리와 연결된다. 적요한 여름 대낮에 묘한 긴장감이 감돈다. 도장밥처럼 붉은 능소화 꽃잎은 다시 은행 창구를 연상시키고 능소화가 늘어진 담벼락은 결재가 끝나 도장밥으로 벌건 서류를 떠올리게 한다. '너'는 가고 없지만, 그 발자국은 능소화 붉은 꽃잎으로 남아 온 마음을 태운다. 능소화의 빛깔과 떨어진 자태만으로 긴박하고 극적인 이미지가 형성된다. "너는 가고 없는데/네 발자국은 여전히 남아서"로 시작되어 계속 반복 변주되는 유사한 구절들의 리듬도 긴장감을 점층적으로 고조시킨다. 점점이 떨어진 능소화를 보면 급히 떠나간 누군가를 떠올리게 될 것 같다. (b)

회전 테이블

손 미

중국 식당에 혼자 왔는데
혼자 왔는데 테이블이 돌아간다

왜 따뜻한 음식은 멀리 있나
정말 저기에 네가 있었나
서로에게 밥을 밀어주었나
그렇게 따뜻했었나

느리게 테이블이 돌아가는데
삐걱대며 돌아가는데
목마에 앉아 한 바퀴 두 바퀴
그러면 건널 수 있다고 믿었나
만날 수 있다고 믿었나

저쪽에서 누가 울고 있나
안 보이는 거기에 넌 아직 있나
테이블은 어디서 시작하고
어디서 끝이 나나
나는 숟가락을 어디에 놓아야 하나

혼자 식사하는데
왜 테이블이 돌고 있나

허겁지겁 사랑은 끝났는데
왜 테이블이 다시 오나
저쪽에서 누가 울고 있나
젖은 테이블이 왜 이리로 오나
식은 밥이 빙글 빙글 돌고 있나
왜 다시 오나

(『서정시학』 2017년 겨울호)

인간은 근원적으로 분리감을 갖는 존재이거니와, 이 분리감을 극복하기 위해 태어난 것이 서정시이다. 분리감은 소외감을 낳고, 소외감은 고독감을 낳는다. 고독감은 혼자 있을 때 느끼는 외로움의 감정을 가리킨다. 많이 외로운 시인은 지금 "중국 식당에 혼자" 와 있다. 둥근 테이블 앞에 앉아 있는데, 둘이 앉아 있을 때처럼 "테이블이 돌아"가고 있다. 그러니 "따뜻한 음식"도 "멀리 있"는 것 같다. 문득 시인은 "정말 저기에 네가 있었나" 하고 생각한다. 곧이어 너와 내가 "서로에게 밥을 밀어주었나", "그렇게 따뜻했었나" 하고 생각한다. 이때의 너는 누구인가. 아마도 한때는 사랑했지만 이제는 헤어진 사람인 듯싶다. "중국 식당에 혼자" 와 있는 시인은 다시금 너를 "만날 수 있다고 믿었나" 하고 생각한다. 시인의 생각은 계속된다. "저쪽에서 누가 울고 있나/안 보이는 거기에 넌 아직 있나/테이블은 어디서 시작하고/어디서 끝이 나나/나는 숟가락을 어디에 놓아야 하나" 하고 말이다. 분리감, 소외감, 고독감은 항상 일치와 합일을 추구하기 마련이다. 그런가 하면 이들 감정은 시인으로 하여금 저 자신과 관련된 이런저런 생각을 하게도 한다. 물론 이때의 생각은 앞의 생각들과 맥을 함께한다. "혼자 식사하는데/왜 테이블이 돌고 있나/허겁지겁 사랑은 끝났는데/왜 테이블이 다시 오나" 등 말이다. "저쪽에서 누가 울고 있"기 때문인가. 울고 있는 누가 궁금하기 때문인가. 시인의 생각은 계속된다. "젖은 테이블이 왜 이리로 오나" "식은 밥이 빙글빙글 돌고 있나" 등도 그것이다. 이처럼 분리감, 소외감, 고독감은 시인으로 하여금 수많은 생각을 갖게 한다. 시인은 지금 자신의 현존이 궁금하기만 한 것이다. (a)

저녁의 소리

손택수

종소리는 내겐 시장기 같은 것, 담벼락이나 슬레이트 지붕 위에 올라가
고양이처럼 오도마니 웅크려 앉은 저물녘이면
피어나는 분꽃과 함께
어린 뱃속에서 칭얼대며 올라오던
소리와도 같은 것

그 굴풋한 소리를 그리워하며 살게 될 줄 어찌 알았을까만
야채 트럭의 마이크 소리가 골목을 돌고,
저문 여울 속에서 배를 뒤집는 피라미 떼처럼
반짝이는 새소리가 살아나고,
담벼락 위에 사다리를 걸치고 올라간 옆집 누나의 숨 막히게 눈부신 종아리,
종아리처럼 하얀 물줄기가 화단에 떨어지는 소리도 들려오고

어쩌면 먼지 풀풀 날리는 소음으로나 그쳤을 이 많은 소리들을
종소리는 내게 주고 간 것이 아닌가
그 소리들도 멀어지는 종소리를 듣기 위해 가만히
멈춰서 있었던 것이 아닌가
싶기도 했던

종은 찬장에 엎어놓은 밥그릇과 같아서,

나는 밥그릇을 하늘 위에 올려놓고 줄을 당기는 종지기가 되고 싶었
는데
　　이상하다, 그 종소리가 내 귀엔 아직도 울리는 것이
　　종소리 없인 저녁이 오지 않는 것이

(『시인동네』 2017년 9월호)

어린 시절 저녁이 온 것을 알려주던 교회당 종소리가 어느새 사라지고 없다. 저녁 종소리는 저녁연기와 함께 저녁을 떠올리게 하는 상징적인 감각이지만 지금은 기억의 저편에 남아 있다. 이 시는 오랫동안 잊었던 종소리를 떠올리며 그것이 환기하는 다양한 감응을 함께할 수 있게 한다. 프루스트에게 마들렌이 어린 시절의 기억으로 이끄는 매개체였다면 이 시에서는 종소리가 그러하다. 늘 저녁에 들려왔던 종소리는 자연스럽게 '시장기'와 연결되는 신호였을 것이다. '굴풋한' 그 소리는 '헛헛하다'는 말보다 한결 부피감이 느껴진다. 어린 뱃속을 울리며 깊은 데서 들려오는 소리처럼 그것은 하늘 저 멀리서 온 세상에 은은하게 울려 퍼지며 어떤 근원적인 느낌을 전달해주는 것이었다. 널리 퍼지는 종소리 사이로 야채 트럭의 마이크 소리나 저녁 새소리, 화단을 적시는 물줄기 소리가 섞여서 들리던 골목의 정경도 눈에 잡힐 듯 선연하게 떠오른다. "저문 여울 속에서 배를 뒤집는 피라미 떼"의 반짝임은 새소리를, "담벼락 위에 사다리를 걸치고 올라간 옆집 누나의 숨 막히게 눈부신 종아리"는 물줄기를 대신하여 소리의 감각을 극대화한다. 종소리의 시각적 이미지는 밥그릇으로 치환되어 '시장기'를 연상시키는 종소리와 절묘하게 어울린다. 종을 닮은 밥그릇을 하늘 위에 올려놓고 줄을 당기면 온 세상에 종소리처럼 밥알이 흩어져 시장기를 달랠 수 있을까? 소리의 여운은 잔상보다도 길게 남아 아직도 저녁이면 들려오는 듯하다. 저녁의 소리를 대표하는 것은 단연코 은은히 들려오는 종소리이다. (b)

용목이라는 말, 아세요?

손현숙

좋은 목재는
비 맞고, 벌레 먹고, 벼락 맞고
천둥소리에 뿌리째 흔들리면서
속이 문드러진 나무래요
벌레들이 제 집을 드나들듯
속을 실컷 파먹어서
도무지 알 수 없는 길이 생기면
문득, 하늘 문이 열리고
목수는 다만 그 길을 따라
칼집을 내면서 살을 벌리면서
나무의 결을 가만히 떠내는 거래요
태초의 생명을 손수 받듯
공간 속에 촘촘하게 박힌
하늘 무늬를 받들어서 지문이 닳도록
깎고 문지르고 달래는 거래요
죽을 고비를 몇 번이나 넘긴 나무에
숨을 풀어 생기를 불어넣어
용의 미늘 한 번도 본 적 없지만
목수는 맨발의 신을 공손히 받든대요
받들어서 가만히 벼리는 거래요
세상에서 가장 무섭고 아름다운 무늬, 용목

(『문파』 2017년 가을호)

장자는 뒤틀리고 옹이 져서 목재로 베이지 않고 고목으로 살아남은 나무를 들어 무용지용(無用之用)의 지혜를 일깨운 바 있다. 그 나무는 쓸모가 없었기 때문에 오래도록 살아남을 수 있었던 것이다. 그런데 이 시에서는 그런 나무가 오히려 좋은 목재가 될 수 있다고 말한다. 비 맞고, 벌레 먹고, 벼락 맞고, 속까지 문드러질 정도로 온갖 악조건을 견디며 사정없이 뒤틀리고 파먹힌 나무에는 다른 나무들에서 전혀 볼 수 없는 무늬가 생기기 때문이다. 용이 뒤엉킨 듯 멋진 무늬가 만들어진 이런 나무를 용목이라고 한다. 나무의 나이테는 나무의 삶을 고스란히 새겨놓은 자서전 같은 것이리라. 이 나이테가 일정하지 않고 심하게 굴곡져 있는 나무는 그만큼 극심한 변화를 겪으며 살아왔다고 볼 수 있다. 사연이 많은 생이 흥미로운 것과 마찬가지로 굴곡진 나무의 멋진 무늬는 귀한 목재가 될 만한 바탕을 드러낸다. 목수는 용목이 걸어온 굴곡진 생의 흔적을 그대로 따라가며 나무가 품고 있었던 용의 꿈을 끌어낸다. 드디어 나무의 살결 한 조각 한 조각이 용의 미늘처럼 낱낱이 살아나면 "세상에서 가장 무섭고 아름다운 무늬, 용목"이 탄생한다. 용목의 무늬는 온갖 악천후와 고난을 겪으며 얻어낸 것이기에 무섭고 아름답다는 모순형용이 어울릴 만한 것이다. 무용지용의 지혜 끝에 최고의 아름다움에 도달한 용목에서 예술의 극치를 보는 듯하다. (b)

은밀한 스케치

네모난 현관문을 열고 들어가자
벽도 천장도 목욕탕 타일도 네모입니다.
싱크대 문짝도 냉장고 문짝도 네모입니다.

아버지가 네모난 티브이를 켜놓고 주무시고 계십니다.
햇빛도 네모난 베란다를 통과해서 얌전하게
바닥에 네모나게 누워 있습니다.

네모를 찔러대는 엄마의 잔소리에 주춤주춤
네모가 잘려나가기 시작합니다.
창문도 열지 않고 뭐하고 있냐
창문을 열어젖히자 네모가 스르르 잘려나가다가
다시 슬그머니 배를 깔고 마루에 눕습니다.
밤낮 티브이만 틀어놓고 자면 무슨 수가 생기냐
먹은 밥상은 왜 치우지 않았느냐
엄마는 네모난 도마를 꺼내 호박을 동그랗게 썰며
세상 좀 둥글둥글하게 살지
뭣 때문에 그렇게 모가 나서
회사마다 잘리느냐고
또, 잔소리를 해댑니다.

네모난 구석방에서 혼자

128   2018 오늘의 좋은 시

막걸리를 마시는 아버지의 얼굴이
오늘따라 더 각이 진 네모로 보입니다.

엄마가 눈을 흘기며
방금 전 만든 동그란 호박전을
갖다 드립니다.

(『시와문화』 2017년 봄호)

위의 작품의 "아버지"는 "네모난" 성격의 소유자이다. 그리하여 아내가 남편을 향해 "세상 좀 둥글둥글하게 살지/뭣 때문에 그렇게 모가 나서/회사마다 잘리느냐고/또, 잔소리를 해"대는 모습에서 알 수 있듯이 사회생활을 제대로 하지 못하고 있다. 그 바람에 "현관문"은 물론이고 "벽도 천장도 목욕탕 타일도" "네모"이다. "싱크대 문짝도 냉장고 문짝도" "티브이"도 "베란다"도 "네모"이다. 집안의 형편도 분위기도 원만하지 못한 것이다.

그렇지만 "엄마는 네모난 도마를 꺼내 호박을 동그랗게" 썬다. 그리고 "네모난 구석방에서 혼자/막걸리를 마시는 아버지"에게 "눈을 흘기며/방금 전 만든 동그란 호박전을/갖다 드"린다. "아버지"의 "네모난" 성격만이 문제가 아니라는 것을, "아버지"를 "네모"나게 만드는 사회가 더 큰 문제라는 것을 알기 때문이다. "어머니"의 그 응원이 있기에 "아버지"는 자신을 포기하지 않을 것이다. (c)

물기타

신영배

기타엔 구멍이 있다 그 구멍을 들여다보다가 빗소리를 들었다 가로줄을 세어보았다 귀가 한 겹 더 흔들리고, 가로로 내리는 비

창밖에 있는 집들을 세어보았다 가로로 누운 길과 음악, 집과 집 사이에 구멍이 있다

옆으로 기울어져서 잠이 들었다 잠이 들어 옆으로 기울어진 당신과 마주쳤다 바라보다 음악

책상 밑으로 새가 사라졌다 새를 찾기 위해 책상을 지웠다 책 속으로 구름이 사라졌다 뒹구는 음악, 책과 구름 사이에 구멍이 있다

일어나지 못하는 개와 음악

꿈에서 깨지 않는 귀와 음악

쓰러뜨리지 않으려고 꽃병을 옆으로 뉘어놓았다 꽃은 없고, 꽃병엔 구멍이 있다

시, 가로줄을 세어보았다

(『문학3』 2017년 9~12월호)

구멍이란 다른 세계로 연결되는 통로이다. 기타의 검은 구멍에는 어떤 세계가 들어 있을까? 이 시의 화자는 기타의 구멍을 들여다보다가 빗소리를 듣는다. 가로줄을 차례로 세어보니 귀가 한 겹 더 흔들리며 비가 가로로 내린다. 기타줄을 가로로 보고 있으니 가로로 내리는 비라는 표현이 떠오른 것이리라. 이 독특한 이미지가 다른 시행들을 계속 추동한다. 창밖으로 눈길을 돌려 가로로 누워 있는 길과 음악, 집들을 세어본다. 가로는 얼마나 편안한 자세인가. 우리 눈에 익숙한 가로읽기처럼 모든 것이 쉽게 세어진다. 집과 집 사이에는 구멍이 있고 그 구멍으로 또 다른 장면들이 펼쳐진다. 옆으로 누워 잠든 화자의 곁으로 옆으로 누운 당신이 있다. 이들이 이루는 가로줄 사이로 음악이 흐른다. 그러고 보니 음악의 흐름도 가로줄을 이루는 것이다. 이 시에서는 모든 것이 가로로 존재한다. 개도 음악도 꽃병도 가로로 누워 있다. 그리고 구멍들 사이로 새로운 세계가 펼쳐진다. 이 특이한 시 역시 가로줄 사이의 무수한 구멍들에서 생겨난 것이다. 가로는 얼마나 편안하고 창조적인 공간인가. (b)

국립도서관의 영원한 밤

신해욱

내 자리에서. 더할 나위 없는 내 자리에서. 너는 죽은 책을 읽고 있다.

커튼이 부풀고 있다. 죽은 단어가 펼쳐지고 있다. 죽은 까마귀. 죽은 불가사리. 죽은 가자미. 죽은 노래의 메들리가 들려오고 있다.

원을 그리면서. 반시계 방향으로 원을 그리면서. 나는 너의 동정을 살피고 있다.

두 개의 귀. 열 개의 손톱. 어깨를 들썩이며 웃는 나쁜 버릇. 너는 죽은 농담의 뼈를 모으고 있다. 죽은 생각의 무덤을 파헤치고 있다. 사전을 뒤적이고 있다. 죽은 가자미의 눈동자가 너를 노려보고 있다.

수분 과다로 죽은 선인장에 나는 규칙적으로 물을 주고 있다. 화장실을 참고 있다. 발소리를 죽이고 있다. 원을 그리면서. 점점 더 완전한 원을 그리면서. 죽은 단어를 외우고 있다. 죽은 시계. 죽은 가마우지. 죽은 불가사리.

딱딱한 것이 만져진다.

너는 웃고 있다. 내 자리에서. 더할 나위 없는 내 자리에서.

(『문학들』 2017년 가을호)

국립도서관이란 무엇인가. 온갖 지식과 정보가 집적되어 있는 바벨탑 같은 곳이다. 이곳에서 "더할 나위 없는 내 자리"에 앉아 죽은 책을 읽고 있는 '너'는 도대체 누구인가. 괴기영화의 시작을 알리는 것처럼 커튼이 부풀고 죽은 단어가 펼쳐진다. "죽은 까마귀. 죽은 불가사리. 죽은 가자미" 등 죽은 언어와 죽은 노래들이 들어차기 시작한다. 반시계 방향의 원을 그리며 '나'는 '너'의 동정을 살핀다. '너'는 도대체 누구인가. "두 개의 귀. 열 개의 손톱"이라면 '너'는 '나'와 다를 바 없다. 그런데 죽은 생각의 무덤을 파헤치며 죽은 농담의 뼈를 모으며 '너'는 드라큘라처럼 기분 나쁘게 웃고 있다. 선인장은 수분이 과다하면 죽는데도 '나'는 계속 물을 주고 있다. 화장실을 참아가며 발소리를 죽이고 원을 그리는 '나'도 수분 과다 상태로 죽어가고 있는 것은 아닐까. 한자리에서 맴돌며 죽은 단어를 외우고 있는 '나'에게서 딱딱한 것이 만져진다. 그런 '나'를 보며 웃고 있는 '너'는 딱딱하게 죽은 지식에 갇혀서 죽어가고 있는 '나' 자신이다. 국립도서관에 있는 자신이 죽은 지식으로 둘러싸인 방대한 감옥에서 굳어가고 있다는 생각을 섬뜩하게 보여주는 시이다. (b)

눈보라가 퍼붓는 방

신현림

눈보라는 방에도 퍼부었다
몸까지 들어찬 눈보라를 토하였다
자식과 살아남기 위해 필사적으로 눈을 밀어냈다
눈보라를 나는 현미경으로 보고 있었다
자세히 볼수록 눈보라는 흉기였다
눈보라에 베이고 파묻혀도 나는 타오르고 싶었다
나를 태워 눈보라에 갇힌 나를 잊고 싶었다

눈보라가 언제 걷히나 언제 빛이 보이나
눈보라를 설탕이라고 쓰자 달콤해지기 시작했다
힘들다 씀으로써 나는 조금씩 마음이 편해졌다
빛이 보인다고 씀으로써 빛이 느껴졌다
누구나 살아남기 위한 죄수의 인생이라 나를 타일렀다

눈을 감으면 나 자신이 풍경으로 보였다
눈보라를 멀리 보기 시작했다
눈보라 속에서
해가 펄펄 끓고 있다

(『시로여는세상』 2017년 여름호)

"눈보라가 퍼붓는 방"이란 얼마나 추운가. 얼마나 불안하고 절망적인가. 작품의 화자가 "자세히 볼수록 눈보라는 흉기였다"라고 토로한 것은 결코 과장이 아니다. 그렇지만 화자는 그 상황 속에서 "눈보라에 베이고 파묻혀도 나는 타오르고 싶"다고 노래한다. "나를 태워 눈보라에 갇힌 나를 잊고 싶"다고 노래 부르기도 한다. "자식과 살아남기 위해 필사적으로 눈을 밀어"내는 것이다.

　　그리하여 화자는 "눈보라를 설탕이라고 쓰"고, "빛이 보인다"라고 쓴다. "누구나 살아남기 위한 죄수의 인생이라 나를 타이"르기까지 한다. "눈보라 속에서/해가 펄펄 끓고 있"다고 역설적으로 인식하는 것이다. 삶이 절박하고 간절할 때 역설 같은 희망이 가슴속에서 꿈틀대는 것이다. (c)

그리운 언덕

안명옥

고려인 마을에 갔다. 고려인 후손들은
러시아 말인지 대체 알아듣지 못하는 말을 썼다

얼굴 눈 코 입 피부색 다 같은 피붙이인데
어찌 시베리아 만주를 떠돌다 이주까지 당했을까

시를 쓰고 있다는 고려인의 후손들 앞에서
눈동자 속 소금이 들어간 듯 먹먹해졌다

밥을 먹으면 나아질 거라고
카자흐스탄 후미진 골목 고려인 식당으로 갔다

된장찌개가 나오고 김치, 깍두기, 콩나물이 나왔다
고추장, 된장 맛을 보니 핏줄이었다.

손을 잡고 술잔들이 춤을 추며 오가고
어느 시인의 입에선 '그리운 언덕' 동요도 터져 나오고

다른 언어와 다른 풍경 속에 살더라도
비슷한 얼굴이 되어
대대로 먹던 밥과 그 찬들은 속이지 못하는구나

밥 힘이 세다는 걸 뜨거운 밥을 먹으며
고려인과 오누이가 되어 그리운 언덕으로 달려가고 있었다

(『시와정신』 2017년 여름호)

위의 작품의 화자는 "고려인 마을에 갔다"가 "고려인 후손들"이 "러시아 말인지 대체 알아듣지 못하는 말을" 쓰는 것에 당혹감을 느낀다. 그리하여 "얼굴 눈 코 입 피부색 다 같은 피붙이인데/어찌 시베리아 만주를 떠돌다 이주까지 당했을까" 하는 안쓰러움을 갖는다. "시를 쓰고 있다는 고려인의 후손들 앞에서/눈동자 속 소금이 들어간 듯 먹먹해"지기도 한다. 같은 민족인으로서 갖는 동질감과 이질감 사이에서 고난의 역사를 떠올리는 것이다.

그리하여 "밥을 먹으면 나아질 거라고/카자흐스탄 후미진 골목 고려인 식당으로" 갔다. 그 식당에서는 "된장찌개가 나오고 김치, 깍두기, 콩나물이 나왔다". "고추장, 된장 맛을 보니 핏줄이" 같다고 느껴졌다. 곧 "손을 잡고 술잔들이 춤을 추며 오"갔고, " '그리운 언덕' 동요도 터져 나"왔다. "내 고향 가고 싶다 그리운 언덕/동무들과 함께 올라 뛰놀던 언덕"(〈그리운 언덕〉)……. 함께 부르는 고향의 언덕이 달아올랐다. (c)

이별초

양문규

처서 지나고

모깃소리 들릴락 말락 할 즈음

이별초 폈냐?

엄니 전화하신다

이별초라니,

여든 살 넘어도 이별은 늘 그리움이려니

무른 살과 아픈 뼈 마디마디 바쳐

여여산방 마당 귀퉁이

노오란 상사화 핀다

한마음 잊을만하면

저녁노을 저 너머

젊은 엄니 홀로 서 있다

(『월간문학』 2017년 10월호)

이별초는 흔히 상사화(相思花)라고 불린다. 잎과 꽃이 서로를 생각하는 꽃, 곧 상사화의 별칭이 이별초인 것이다. 이별초의 별칭 중에는 개가재무릇도 있고, 개난초도 있다. 내가 어렸을 때는 고향집 뒤꼍에 피어 있는 상상화를 '개난초'라고 불렀다. 이별초라는 이름을 듣고 내가 다소 의아했던 것은 그 때문이다. 공식 명칭은 상사화이지만 지방에 따라 이별초, 개가재무릇, 개난초 등으로 불렸던 것이 이 꽃이다. 이 꽃을 상사화 또는 이별초라고 부른 것은 잎이 지고 난 뒤에 꽃이 피는 이 식물의 생태적 특징 때문이다. 잎과 꽃이 서로 만나지 못하니 이별초는 매우 그립고, 서러우리라. 대한민국이 원산지인 이 꽃을 많은 시인들이 지속적으로 시로 쓴 것은 바로 이 때문인 듯하다. 이 시에 따르면 이별초는 "처서 지나고//모깃소리 들릭락 말락 할 즈음"에 핀다. 이즈음 "이별초 폈냐?"//하고 엄니가 전화를 해왔기 때문이다. 엄니가 전화를 한 것은 시인이 외딴 산골에 터를 잡은 여여산방에서 살고 있기 때문이다. 그렇다고는 하더라도 엄니가 전화해 "이별초 폈냐?"라고 묻다니! 시인은 이 구절을 통해 "여든 살 넘어도 이별은 늘 그리움"일 수밖에 없다는 것을 강조한다. 그러한 뒤에 둘러본 "여여산방 마당 귀퉁이"에는 실제로 "무른 살과 아픈 뼈 마디마디 바쳐" "노오란 상사화"가 피어 있다. 이 시에서 시인은 "노오란 상사화"를 바라보며 "저녁노을 저 너머" "홀로 서 있"는 "젊은 엄니"를 떠올린다. "홀로 서 있"는 "젊은 엄니"! 이들 구절에 숨어 있는 시인의 마음이 애잔하기만 하다. (a)

변비

양애경

장폐색(腸閉塞)으로 입원까지 한 동네 할머니 두 분 있다
병명이 무거운데 사실 그거, 그냥 똥이 막혀 안 나온 거다
얼굴이 참외꽃처럼 노랗게 시들어
저승 문턱까지 갔다가 돌아왔다고 하신다

—엄마, 저번 엄마 고관절 수술하고 닷새나 똥이 안 나와서
　내가 손가락으로 엄마 항문에서 딱딱해진 똥 꺼내준 거 기억나우?
—아니, 몰라. 어떻게 말이니?
—나도 변비로 내 항문에서 꺼낸 적은 있지만 다른 사람 걸 하게 될
지는 몰랐지
—손가락 넣어서 속이 다치면 어쩔려구?
—간호사가 변비약하고 비닐장갑 두 개 주더라구.
　딱딱한 콩알 같은 거, 염소똥 같은 거, 조금 더 큰 덩어리 3개 꺼
낸 뒤에 시원하게 나왔지
　1회용 비닐장갑 정말 고맙더라고. 그거 없었으면 어쩔 뻔했어?

저녁 먹고 둘이 앉아 가벼운 수다를 떨고
속으로는,
—(내가 그런 일까지 한 딸인데
　어디 아픈 데 있음 참지 말고 꼭 나한테 말해야 해), 라 했다.

(『작가마당』 2017년 하반기)

이 시는 시인과 엄마의 대화로 이루어져 있다. 시인은 지금 늙은 엄마를 모시고 살고 있다. 엄마를 모시고 살며 엄마와 주고받은 대화를 그대로 옮겨놓은 것이 이 시이다. 대화의 내용은 '변비'이다. 시에 따르면 시인의 동네에는 변비로 고생하는 분이 한 분 더 있다. 그중 한 분이 시인의 엄마이다. 다른 한 분은 변비로 "저승 문턱까지 갔다가 돌아왔"던 분이다. 시인의 엄마도 "고관절 수술하고 닷새나 똥이 안 나"온 적이 있다. 이를 그냥 보고만 있을 수 없어 "1회용 비닐장갑"을 끼고 엄마의 항문에서 "딱딱해진 똥"을 꺼낸다. 엄마에게 "딱딱한 콩알 같은 거, 염소똥 같은 거, 조금 더 큰 덩어리 3개 꺼낸 뒤에 시원하게 나왔지"라고 말하는 것이 시인이다. 이 시의 "1회용 비닐장갑 정말 고맙더라고. 그거 없었으면 어쩔 뻔했어?"와 같은 구절은 시의 분위기를 바꾸기 위한 일종의 너스레이다. 이어지는 너스레에서 시인은 "내가 그런 일까지 한 딸인데/어디 아픈 데 있음 참지 말고 꼭 나한테 말해야 해"라고까지 말한다. 예의 너스레 속에는 무엇보다 엄마에 대한 시인의 따뜻한 마음이 들어 있다. 편안한 배변이 이루어지지 않는 변비는 나이 든 사람들에게 특히 자주 일어나는 조금 쑥스러운 질병이다. 이 쑥스러운 질병과 관련한 자연스러운 대화가 아주 잘 드러나 있는 것이 이 시이다. 엄마와 딸 간의 사랑이 아름답게 진술되어 있는 시이다. 엄마가 더는 아프지 않고 오래오래 살기를 바라는 딸의 마음이 고스란히 전해진다. ⓐ

자작나무

원종태

나는 여기 있고
너는 거기서 빛나네
몸은 여기 있고
마음은 저기서 반짝이네

"한 번도 흰 발목을 보여주지 않았기 때문이야"

끝도 시작도 없는 설원을 검게 가르는 육중한 시베리아 횡단열차 수
평 설원에 수직으로 달리는 흰 숲의 대열 사선으로 휘몰아치는 눈보라
와 깊고 검은 눈동자 혁명에는 끼어들지 못하고 사랑에도 실패하고 인
생을 탕진한 채 붉은 아궁이 자작나무처럼 자작자작 타들어가는 밤
　그때 그는 이미 알고 있었다
　위대한 패배의 길에 복무하리라는 것을

　열차는 아직 도착하지 않았다

(『경남작가』 하반기호)

위의 작품의 화자는 "끝도 시작도 없는 설원을 검게 가르는 육중한 시베리아 횡단열차" 안에서 "수평 설원에 수직으로 달리는 흰 숲의 대열"과 "사선으로 휘몰아치는 눈보라"를 바라보며 "깊고 검은 눈동자"를 떠올린다. 그리고 "혁명에는 끼어들지 못하고 사랑에도 실패하고 인생을 탕진한 채 붉은 아궁이 자작나무처럼 자작자작 타들어가는 밤"에 놓인 자신을 바라보면서 "나는 여기 있고" 자신이 꿈꾸었던 "너는 거기서 빛나"고 있다고 안타까워한다.

작품의 화자가 "시베리아 횡단열차"에서 "몸은 여기 있고/마음은 저기서 반짝"인다고 안타까워하는 것은 러시아 혁명이 떠올랐기 때문이다. 1917년 러시아 혁명은 차르 체제를 무너뜨렸고, 볼셰비키가 권력을 장악했다. 볼셰비키 강령은 도시 노동자들과 군 사병들 사이에서 큰 호응을 얻어 사회주의 당원들은 무혈혁명을 성공한 것이다.

그렇지만 화자는 그렇게 하지 못했기에 부끄러워하면서도 "위대한 패배의 길에 복무하리라는 것을" 예상이라도 했듯이 담담하게 받아들인다. 1905년 러시아 정부가 시베리아 횡단철도와 군대의 통제권을 장악하는 바람에 민중 혁명이 실패했지만, 1917년에는 끝내 승리를 이룬 역사를 알고 있기 때문이다. 그리하여 화자는 "열차는 아직 도착하지 않았다"라고 노래한다. (c)

아코디언

유계영

착하게 외롭게 산 사람들만 불러들여 천국을 건설하겠다는 아이디
어는 착하고 외로운 사람의 것이었을까 빌라와 빌라 사이에 의자를 내
어놓고 앉아
　빌라와 빌라 사이를 벌리는

　외로운 노인이 흔해빠진 골목
　늘어난 러닝셔츠를 누렇게 적시면서

　곧 녹아내릴 눈사람을 생각하는 겨울보다
　아직 태어나지 않은 주물공을 생각하는 여름이 좋았다

　배꼽까지 빨간 아직은 예쁜 것
　풍선을 쥐고 지나가는 예쁘고 어린 것

　바람이 불었다 날아가는 붉은색 풍선을
　날아가게 두었다 쌓아 올린 돌들이 와르륵 무너지면
　다시 공들일 것이다 바람일 뿐이므로
　움켜쥔 손가락을 하나하나 펼치는 것이
　바람의 일이므로

　멀리서 한 사람이 걷고 있다
　다가오는 것인지 멀어지는 것인지

알 길도 없이 오래도록 제자리에서

두 개의 허파가 천천히 부푸는 것을 느끼면서

(『문학과사회』 2017년 가을호)

가난한 빌라촌의 풍경이 소슬하게 펼쳐진다. '낙원빌라', '에덴빌라', '초원빌라' 같은 이름이 즐비할 것 같은 이 동네는 이름에 담긴 소망과 달리 외롭고 힘겨운 생활이 펼쳐지는 공간이다. "외로운 노인"과 "눈사람"이 "늘어난 러닝셔츠를 누렇게 적시면서"라는 이미지를 공유하며 겹쳐지고, "풍선"과 "어린 것"이 "배꼽까지 빨간 아직은 예쁜 것"이라는 이미지로 연결되는 장면의 영상적 효과는 신비롭고 아름답다. 노인은 겨우내 골목을 지키며 녹아내리던 눈사람처럼 언젠가 사라질 것이다. 노인과 눈사람은 몸피가 줄어가고 풍선과 어린 것은 점점 부풀어 오른다. 골목을 흐르는 바람은 아코디언처럼 줄었다 늘었다를 반복한다. 쌓아 올린 돌들이 와르륵 무너지면 다시 움켜진 손가락을 펼쳐 공들여 쌓아 올릴 것이다. 이 골목에 겨울이 지나고 여름이 오듯 바람결은 무수히 달라지고 사람들은 계속해서 들고 날 것이다. 촘촘하게 주름진 골목의 정경이 아코디언의 이미지와 결합하며 놀라운 생기가 돈다. 바람의 무수한 수축과 이완이 아코디언 특유의 소리를 만들어내는 것처럼 이 골목에서 들고 나는 모든 삶이 애틋한 정서를 자아낸다. (b)

봄, 밤

유순예

벚꽃들이
어둠을 밝히는
봄, 밤입니다

내 인생은……, 싸구려였어!

우울한 꽃 한 송이가
쌈빡한 문자 메시지를 보내온
봄, 밤입니다.

네 인생은……, 꽃이야, 꽃!

우울한 꽃 한 송이가
어둠을 사귀려다 말고 헛웃음을 터트리는
봄, 밤입니다

(『사람의 문학』 2017년 봄호)

"벚꽃들이/어둠을 밝히는/봄, 밤"은 화려하다. 활짝 핀 "벚꽃들"의 아름다움과 분위기는 눈을 뜨기 어려울 정도이다. 그리하여 작품의 화자는 봄밤과 자신을 대조한다. "내 인생은⋯⋯, 싸구려였어!"라고 화려하게 피지 못한 자신을 폄하하는 것이다.

그렇지만 화자는 자조감에 함몰되지 않고 "네 인생은⋯⋯, 꽃이야, 꽃!"이라고 노래한다. 비록 자신의 삶이 화려하지는 않더라도 "싸구려"라고 인정할 수 없다는 것이다. 자존심이 허락하지 않기 때문이고, 부끄럽지 않기 때문이다. 나아가 삶을 보다 밀어갈 수 있다고 믿기 때문이다. "사쿠라가 만발할 때 술 한 잔 들고/사쿠라가 질 때 함께 죽노라"라고 어느 하이쿠는 노래했지만, 화려한 생과 죽음만이 삶의 전부는 아니다. (c)

우리의 낙원상가

尹錫山

우리의 낙원상가에는
기타도, 트럼펫도, 드럼도, 전자오르간도
모두 모두 아직까지 번쩍이며 놓여 있구나.
비록 지축, 지축거리지만, 걸을 수 있는 것이 복이라는
노인, 오늘도 우리의 낙원에서
기타를 매만지며
회상에 젖는다.
우리의 낙원이 그곳에 있으므로
우리는 행복한 회상에 젖을 수가 있다고.
비록 몸은 한편으로 쏠리듯 가누기 어려워도
그래도 서 있을 수 있는 것이 다행이라는
노인,
오늘도 우리의 낙원에서
단돈 삼천 원에 따뜻하게 말아주는
순대국밥, 그리고 소주 한 잔.
행복해하고 있다.
지금 내가 있는 이곳이 바로 낙원, 낙원이니까.

(『문학과창작』 2017년 봄호)

서울의 낙원상가는 악기를 판매하는 곳이다. "기타도, 트럼펫도, 드럼도, 전자오르간도" 놓여 있는 곳이 낙원상가이다. 낙원의 음악이 넘쳐흐르는 곳이 이곳인 셈이다. 하지만 낙원상가에는 이들 악기가 "모두 모두 아직까지 번쩍이며 놓여" 있을 따름이다. 이곳을 지나는 노인이 "기타를 매만지며/회상에 젖"어 있는 것도 다름 아닌 이 때문이다. 이 시에는 이처럼 생활에 지치고 닳은 노인의 모습과, 많은 시간이 지났지만 아직도 반짝대는 악기들이 선명하게 대비되어 있다. "지축, 지축거리"며 걷지만 "걸을 수 있는 것이 복이라"고 생각하는 것이 노인이다. "낙원이 그곳에 있으므로/우리는 행복한 회상에 젖을 수가 있다고" 생각하는 노인 말이다. 나아가 노인은 "비록 몸은 한편으로 쏠리듯 가누기" 어렵지만 "서 있을 수 있는 것이 다행이라"고까지 생각한다. 시인은 노인이 "단돈 삼천 원에 따뜻하게 말아주는/순대국밥, 그리고 소주 한 잔"에 "행복해하고 있다"라고 말하고 있지만 이는 일종의 아이러니이다. 이어지는 구절의 "지금 내가 있는 이곳이 바로 낙원, 낙원이니까"라는 자조적인 표현을 보더라도 이는 잘 알 수 있다. 낙원과는 너무 먼 오늘의 낙원상가로 상징되는 현실을 우회적으로 풍자하고 있는 것이 이 시라는 얘기이다. (a)

김영란법을 사랑합니다

윤석홍

　김영란 씨 한마디에 왜 이게 그리 큰 문제가 되고 소란스러운지 상식적으로 이해가 안 됩니다 부정 청탁은 해서도 있어서도 안 되는 것입니다 그렇지 않으면 우리 사회의 정의는 무너지고 부정부패가 만연해져서 개판이 되기 때문입니다 그런데 우리 현실은 그렇지 않은가 봅니다 관공서 부근에 값비싼 한정식 식당이 왜 그렇게 많은지 잘 몰랐는데 이 법 때문에 알게 되었습니다 아마도 이런저런 일로 접대할 일이 많은 모양입니다 1인당 한 끼가 술값 빼고 5만 원쯤 한다는데 우리나라 노동자 최저임금이 시급 6천4백7십 원입니다 8시간 계속해서 일해야 5만 1천7백6십 원이니 하루 종일 뭐 빠지게 일해서 번 돈이 한정식 한 끼 밥값 조금 넘습니다 이 정도는 아무것도 아니라고 도리어 화를 내는 사람들이 있으니 기가 막힐 일입니다 제발 이런 분들에게 이렇게 말하고 싶습니다 그런 대접할 형편이 되면 가끔 자기 식구들 특히 따로 계신 부모님 모시고 코스 따라 나오는 진미 요리를 서로 밀어주고 당겨주고 뼈 발라주며 맛나게 먹으면 얼마나 좋겠습니까 1등급 한우나 굴비 그것 아니라도 먹을 것이 많은 그런 분들에게 일방적으로 보내지 마시고 자신이 일하거나 살고 있는 청소 노동자나 아파트 경비원들에게 한 번씩 맛보게 하면 얼마나 좋을까요 350만 이상이나 되는 우리 노동자에게는 한마디로 그림의 떡입니다 그런데요 아직 이 법이 적용 사례가 없어 아무 쓸 데도 없는 이따위 법을 왜 만드느냐고 항의하는 그런 상식적인 사회를 기대하는 건 내가 이 나이 되도록 아직 철이 덜 든 것인지 모릅니다 아무튼 이 법 때문에 모처럼 작은 희망을 가져볼까 합니다 사

랑을 고백할 사람이 생겨서 기분이 좋을 것 같습니다 김영란 씨가 만든
김영란법을 사랑합니다

* 2017년 최저 임금액 기준

(『작가정신』 2017년 하반기호)

"김영란법"은 '부정 청탁 및 금품 등 수수의 금지에 관한 법률'이다. 2015년 3월 27일에 제정 및 공포되어 2016년 9월 28일부터 시행되고 있다. 이 법의 내용은 공직자가 직무 관련성과 상관없이 100만 원을 초과하는 금품을 받으면 형사처벌을 받는 것이다.

그런데 이 법을 시행하는 과정에서 논란이 있었다. 처음 도입된 법이기 때문에 혼란이 일어날 수도 있었지만, 부정 청탁에 대한 공직자들의 인식이 부족했기 때문이다. 그리하여 위의 작품의 화자는 "김영란 씨 한마디에 왜 이게 그리 큰 문제가 되고 소란스러운지 상식적으로 이해가 안 됩니다"라고 말한다. 화자가 보기에 "부정 청탁은 해서도 있어서도 안 되는 것"이기 때문이다. 이와 같은 화자의 생각은 사회로부터 응원을 받는다. "그렇지 않으면 우리 사회의 정의는 무너지고 부정부패가 만연해져서 개판이 되기 때문"이다. (c)

쥐똥나무
— 박용래(朴龍來) 4

쥐똥나무가 먼동을 적시는 한소끔 빗물로 덕지덕지 녹슨 제 가지 겨우내 철조망 울타리 노릇이나 하던들 하나하나 씻기는 것이었습니다. 가지 끝에 푸르스레 핏물이 돌 때까지 때는 이때다 어르고 달래가며 싹싹 씻기는 것이었습니다.

먼 하늘 부싯돌 치는 새벽 뜰에서 보았습니다.

쥐똥나무 고 새하야니 쬐꼬만 꽃이 그리도 맑고 그리도 암팡진 향을 내는 까닭이었습니다.

이 시의 중심 대상은 쥐똥나무이다. 시인은 이 시에서 "겨우내 철조망 울타리 노릇이나 하던" 쥐똥나무에 주목한다. 쥐똥나무는 "겨우내 철조망 울타리 노릇이나" 한 것이 아니다. 봄이 오자 "먼동을 적시는 한소끔 빗물로 덕지덕지 녹슨 제 가지"들 "하나하나 씻기는 것"이 쥐똥나무이다. 그렇다. 시인이 보기에 쥐똥나무는 지금 "한소끔 빗물로" "가지 끝"을 "푸르스레 핏물이 돌 때까지 때는 이때다 어르고 달래가며 싹싹 씻기"고 있다. 비가 내리는 "먼 하늘 부싯돌 치는 새벽 뜰에" 서 있는 것이 시인이다. 이때 "먼 하늘 부싯돌" 친다는 것은 먼 하늘에서 번개가 친다는 것이다. "새벽 뜰에서" 이렇게 쥐똥나무가 고군분투를 하며 자라는 것을 보아온 시인은 이제 "쥐똥나무 고 새하야니 쬐꼬만 꽃"에 관심을 갖는다. 뿐만 아니라 시인은 이 "쬐꼬만 꽃이 그리도 맑고 그리도 암팡진 향을 내는 까닭"에 대해서도 주목한다. 생각하면 봄에 뾰쪽뾰쪽 싹이 나 여름에 무성하게 자라 가을에 붉게 잎이 물들고 겨울에 잎이 지는 것이 자연이다. 이러한 자연의 순환은 매년 반복되어 일어나지만 무엇이든 저절로 얻어지는 것은 없다. 쥐똥나무도 마찬가지이다. 쥐똥나무 또한 겨울 내내 움츠리고 있던 제 가지들을 "어르고 달래가며 싹싹 씻"긴 뒤" "새하야니 쬐꼬만 꽃이 그리도 맑고 그리도 암팡진 향을 내"게 된다는 것이다. 인간의 삶도 마땅히 어르고 달래가며 노력을 할 때 긍정적인 결과를 얻을 수 있으리라. (a)

약속

이근화

제사상 주변을 어지럽게 뛰노는 아이들을 말리지만
어른들도 귀신들도 기분이 나쁘지 않다
제사 음식들은 가지런하고 방향을 갖추었다
떡과 산적을 들고 설치는 아이들의 발은 제각각 자라겠지

축문을 읽고 절을 두 번씩 올리는 사이
죽은 자와 산 자는 아무 말 없이 만나는가
대추 밤 배 사과 감이 구르지 않도록 잘도 쌓았다
삶과 죽음 사이 구른다면 누구의 발밑에 이를 것인가

제주가 조금 넘쳐흘렀지만 무슨 상관이랴
메와 탕은 귀신의 것 들쥐와 길고양이들의 것
골목의 어둠을 갉아대느라 바쁠 것이다
광장의 불빛이 환한데 등 돌린 당신은 외로운가
머릿속은 엉켜 살아 있지도 죽어 있지도 않겠지만

생선살을 찢어 아이들의 입속에 가만히 넣어준다
접시 위에 대가리들 한 번도 보지 못한 가시 앞에 눈이 멀었다
두려움이란 제 몸을 떠난 입과 같아서
헐벗은 채 떠도는 말들이 어지러운 것이겠지

가지런히 모은 두 손에 슬픔과 분노가 부풀어 오른다

풍선처럼 분명하고 환하게 터져버린다면
밥상이 엎어져도 다 같이 배가 부를 것이어서
살아서 절망하는 사람들이 죽어도 즐겁다는 듯이 모였다

(『현대시학』 2017년 1월호)

이 시의 첫 장면은 제사를 지내는 날의 익숙한 정경을 그리고 있다. 아이들에게 제사는 신나고 배부른 잔치와 다를 바 없다. 가지런하게 방향을 갖춘 제사 음식들 사이로 아이들은 어지럽게 뛰논다. 엄숙한 제의와 신나는 잔치, 죽은 조상과 살아 있는 아이들이 한 자리에 모이는 것이 일반적인 제사의 모습이다. 어른들도 귀신들도 뛰어다니는 아이들을 그리 나무라지는 않을 것이다. 아이들이 잘 자라고 있다는 증거이기 때문이다. 이렇듯 제사는 삶과 죽음이 자연스럽게 만나는 감사와 화합의 장이다.

그런데 시의 중간부터 이러한 분위기는 변하기 시작한다. 제주가 넘쳐흐르면서부터 화자의 상념이 흘러넘친다. 메와 탕은 귀신의 것이지만 들쥐와 길고양이들의 것이기도 하다. 들쥐와 길고양이들을 떠올리자 골목의 어둠을 갉아대느라 바쁠 그들의 모습이 그려진다. 골목은 다시 광장이라는 대조적인 말을 연상시킨다. "광장의 불빛이 환한데 등 돌린 당신은 외로운가"에서 갑작스럽게 등장하는 '당신'은 누구인가. 광장의 불빛이 뜨거웠던 1년 전 겨울의 정치적 의미를 배제하고서는 파악하기 힘든 말이다. 제사를 지내며 화자는 삶과 죽음의 질서가 뒤바뀐 비극적 사건을 떠올린다. 한창 자라던 아이들을 삶의 저편으로 보내야 했던 참담한 상황을 생각하자 가지런히 모았던 두 손이 슬픔과 분노로 부풀어 오른다. 그러고 보면 지난겨울 광장을 메웠던 무수한 촛불은 어이없는 죽음을 맞았던 어린 영혼들에 대한 통한의 제사이며 다시는 이런 일이 없도록 하겠다는 뜨거운 약속이었던 것이다. (b)

설산

이병률

1

돌을 깨고 있는 사나이에게 다가가 물었다
아주 높은 설산 아래서였다
왜 물고기 화석이 여기 있지요? 그럼 우리도 바다로부터 건져 올려
진 건가요?

대답을 들을 새도 없이
그때 저기서 한 노인이 걸어오는 게 보였다
어디서 오는 길이냐고 물었다
노인도 알 수 없다고 했다
그럼 어디로 가는 거냐고 물으려다 그만두었다

무심히 깨진 돌 하나를 줍더니
가던 길을 가는 노인의 뒷모습을 보는데
눈가에 압력이 팽팽해져서였다

책장 사이 꽃 눌러놓듯이
얼마 후면 우리도 땅속에 돌 속에 눌리겠다

이렇게 모두가 아름다우니 우리도
얼마나 곧 사라질 텐가

2

그래, 산은 어땠냐고 물었어요

얼음산에서 나는 말문이 막혀 펄떡였으며
이름을 통째로 잃었으며
많은 무릎들을 생각했다고 당신에게 대답했어요

그래, 또 산에 오르게 될 것 같으냐고 물었어요

물론이라고
산은 우리가 미처 걸어서 건너지 못한 바다라고 말했어요

(『애지』 2017년 여름호)

아주 높은 산에 왜 물고기 화석이 있는 것일까? 인류의 선조인 물고기가 여기 있다면 인간 역시 바다로부터 건져 올려진 것 아닌가? 눈 덮인 설산은 이 모든 비밀을 품고 신비롭게 빛나고 있다. 저 멀리서 걸어온 노인에게 어디서 오는 길이냐고 물었지만 알 수 없다고 한다. 평생을 살아왔지만 근원을 알 수 없다는 것일까? 노인은 깨진 돌을 주워서 가던 길을 간다. 설산의 일부분인 돌조각도, 어디서 왔는지 어디로 가는지도 모르는 채 길을 가는 노인도 어딘가로 사라질 것이다. 아름다운 모든 것들이 사라지듯이. 떨어진 꽃이나 나뭇잎을 주워 책갈피에 눌러놓듯이 우리도 오래지 않아 땅속에 돌 속에 눌려질 것이다. 한때 아름다웠던 생명들은 그렇게 자신의 흔적을 남긴다.

시의 후반부는 어조가 바뀐다. 아마도 화석에 남아 있는 물고기의 관점을 반영하고 있는 것으로 보인다. 물고기는 얼음산에서 말문이 막혀 펄떡이던 순간을 회상하고 있다. 물고기에게 산은 미처 걸어서 건너지 못한 바다였던 것이다. 물고기가 끝없이 헤엄치듯 사람은 끝없이 제 갈 길을 간다. 땅속에 돌 속에 눌리어지는 그 순간까지. (b)

거룩한 일

이상국

양양 물갑리 사는 농부 인의석 씨
모르긴 몰라도 지금쯤 팔십 줄에 들었을 거야

젊어, 군(郡)에서 마을길이 어둡다고
집 앞 논둑에 세운 전봇대에 돌멩이를 던져
몇 번이나 가로등을 깼겠다

그 일로 경찰이 나오긴 했지만
전깃불이 너무 환해서
벼들이 잠 못 잘까 봐 그랬다는 걸
벼들에게 물어볼 수도 없는 일

그가 밤으로 논에 나와 무슨 노래를 불러주었는지
벼들과 어떤 이야기를 했는지 알 수는 없다
그렇지만 그는 식물학자도 아니었고
한 줌의 쌀이라도 더 거둬야 하는
그냥 농사꾼이었는데

어떻게든 살긴 살았을 거야
그렇지만 들판에는 지금도 농사하는 사람들이 있고
이런 거룩한 일은 나라가 알아야 한다고
나는 이런 시를 쓰긴 쓰는데……

(『사람의문학』 2017년 봄호)

이 시는 "양양 물갑리 사는 농부 인의석 씨"에 대한 시인의 회상으로부터 시작한다. "모르긴 몰라도 지금쯤 팔십 줄에 들었을 거야"라고 하면서 말이다. "군 (郡)에서 마을길이 어둡다고/집 앞 논둑에 세운 전봇대에 돌멩이를 던져/몇 번이나 가로등을 깼"던 사람이 인의석 씨이다, "그 일로 경찰이 나오"면 인의석 씨는 "전깃불이 너무 환해서/벼들이 잠 못 잘까 봐 그랬다"고 말한다. 가로등 불빛은 어둠을 밝히기 위한 것이다. 하지만 인의석 씨는 이 가로등의 불빛이 너무 환해 벼들이 잠을 못 잔다고 주장한다. 물론 이는 인의석 씨의 주관적인 생각일 뿐이다. 정말 "전깃불이 너무 환해서/벼들이 잠"을 못 자는지 어쩌는지 "벼들에게 물어볼 수"는 없다. 인의석 씨는 "밤으로 논에 나와 무슨 노래를 불러주었"다고도 하는데, 그것도 "벼들에게 물어"봐 알기는 어렵다. 그러니 인의석 씨가 "벼들과 어떤 이야기를 했는지"도 "벼들에게 물어"보기는 어렵다. 인의석 씨가 "식물학자도 아니"지 않는가. 하지만 그가 "한 줌의 쌀이라도 더 거둬야 하는/그냥 농사꾼" 인 것은 사실이다. 인의석 씨가 그렇게 해야 "한 줌의 쌀이라도 더 거"둘 수 있다는 것을 잘 아는 "그냥 농사꾼"일 뿐이라는 얘기이다. 그가 "전봇대에 돌멩이를 던져/몇 번이나 가로등을" 깬 것도, "밤으로 논에 나와 무슨 노래를" 부른 것도, "벼들과 어떤 이야기를" 나눈 것도 실제로는 다 "한 줌의 쌀이라도 더 거"두기 위해서이다. 시를 매조지하며 시인은 안의석 씨가 "어떻게든 살긴 살았을 거야"라고 자조한다. 아무튼 "들판에는 지금도 농사하는 사람들이 있"다. 농사일은 말 그대로 거룩한 일이다. 하지만 요즈음은 이 거룩한 일을 거룩하게 생각하지 않는 사람들이 많다. 이처럼 거룩한 일은 꼭 "나라가 알아야 한다고" 생각해 시인은 "농부 인의석 씨"에 대한 시를 쓰고 있는 것이다. (a)

집

남은 집은 몇 채이려나, 나 여러 채의 집들을 거쳐 왔네

크거니 작거니 높거니 낮거니 했지만

들어앉으면 달리 나설 데도 없는 나의 집이었다네

옥상에서 별을 올려다보던 집

계몽사 50권 세계동화전집이 반겨주던 집

할아버지가 벼루에 먹을 갈아 다리 가는 학을 그리던 방이 있던 집

할머니가 큰 솥에 개떡을 찌던 부엌이 있던 집

키우던 고양이가 갓 낳은 새끼들을 숨기려다 목줄에 걸려 죽고

나는 멍하니 창틀에 올라앉아 마당의 후박나무만 바라보던 집

저녁 어스름 귀갓길에 문득 노을빛 조등이 걸렸던 집

아버지에게 대들다 한동안 치마 아래로 종아리가 시퍼렇던 여대생
이 살던 집

후두둑 빨간 딱지가 붙고 빚쟁이로 몇 날 며칠 눅눅하던 집

퇴직하고 이빨 빠진 아버지가 낡은 소파와 함께 음침한 정물화가 되
어가던 집

그 집이 싫어서 한 남자와 도망쳐 나온 집

커다란 모기장을 사면 벽에 걸고 아이들과 한 방에서 자던 집

아이들이 자라면서 식탁이 소란스러워지고

기어코 같이 놓일 수 없게 된 수저들이 생긴 집

네 식구가 제 귀퉁이에서 각자 자기식의 평화를 지키는 집

때로 네 식구 마음 따라 문짝은 어그러지고 변기가 막히고 천장이
얼룩지는 집

제 손바닥에 옹송그리는 식구들을 하나라도 놓쳐서는 안 되는 지상
의 단 한 칸

어쩌다 예전 살던 곳들을 지나칠 때면

어떤 집은 뭐 하러 또 왔냐 묻고 어떤 집은 들렀다 가라 하는데

제 들보를 갉아 먹는 슬픈 벌레를 키우지 않는 집은 어디 있으려나

(『창작과비평』 2017년 가을호)

집은 평화와 안식의 공간이다. 집이 있는 곳이 '고향'이고, 집이 계시는 곳이 '계집'이다. '계집'에게도 평화와 안식의 공간, 곧 집은 필요하다. 그러나 집이 항상 평화와 안식의 공간으로만 존재하는 것은 아니다. 실제로는 온갖 불화와 고통의 공간이 집이기도 하다.

시인이 경험해온 집도 평화와 안식의 공간인 경우는 많지 않아 보인다. 이 시에서 시인은 저 자신이 체험했던 집의 역사부터 회고한다. 첫 행의 "나 여러 채의 집들을 거쳐 왔네"라는 구절을 두고 하는 말이다. 시인은 이때의 집들이 "크거니 작거니 높거니 낮거니 했지만/들어앉으면 달리 나설 데도 없"었다고 말한다. 물론 개중에는 "옥상에서 별을 올려다보던 집"도 있었고, "세계동화전집이 반겨주던 집"도 있었다. "할아버지가 벼루에 먹을 갈아" "학을 그리던 방이 있던 집"도 있었고, "할머니가 큰 솥에 개떡을 찌던 부엌이 있던 집"도 있었다. 그렇다. 이들 집 중에는 고양이가 "목줄에 걸려 죽"은 집도 있었고, 멍하니 "마당의 후박나무만 바라보던 집"도 있었다. "노을빛 조등이 걸"려 있기도 했던 집에서는 "아버지에게 대들다"가 "종아리가 시퍼렇"게 되도록 맞기도 한 것이 시인이다. 시인은 특히 "후두둑 빨간 딱지가 붙고 빚쟁이로 몇 날 며칠 눅눅하던 집"을 잊지 못한다. "낡은 소파와 함께 음침한 정물화가 되어" 있던 집 말이다. 그 집은 너무 살기 "싫어서 한 남자와 도망쳐 나온 집"이기도 하다. 그러나 정작 그를 기다리고 있던 것은 "모기장을 사면 벽에 걸고 아이들과 한 방에서 자던 집"이다.

이제 시인은 "네 식구가 제 귀퉁이에서 각자 자기 식의 평화를 지키는 집"에서 살고 있다. 하지만 이 또한 "네 식구 마음 따라 문짝은 어그러지고 변기가 막히"는 집이다. 어쩌다가 들르면 이들 집은 그에게 "뭐하러 또 왔냐 묻"거나 좀 "들렀다 가라"고 한다. 그가 보기에 모든 집은 다 "제 들보를 갉아먹는 슬픈 벌레를 키"운다. 평화와 안식의 공간으로만 존재하는 집은 없다. (a)

여기가 이젠 내 고향

이시영

　그 시절 사는 게 모두 어려웠지만 정춘이 형 순천중앙극장 목소리 고운 장내 아나운서 꼬드겨 밤기차 타고 서울로 서울로 도망치던 때의 콩닥이던 심정은 어떠했을까. 청계천이라나, 하여간 썩은 물 흘러가던 시커먼 판자촌 사글세방에 이불짐 부리고 담배 한 가치 맛있게 태우고 나서 바람벽 기대어 떨고 있는 처녀에게 등 돌리며 큰 소리로 외쳤다지. "여기가 이젠 내 고향!"

(『포에트리 슬램』 2017년 창간호)

이 시는 서정춘 시인의 탈향 이야기를 소재로 하고 있다. 서정춘 시인의 탈향 이야기는 매우 유명하다. 나만 하더라도 서정춘 시인 본인, 그 밖에 이근배 시인 등으로부터 여러 차례 들은 바가 있다. 시인은 일단 이 시에서 서정춘 시인을 친근하게 "정춘이 형"이라고 부른다. 앞에서 탈향 이야기라고 했지만 어쩌면 고향 이야기라고 해야 할는지도 모른다. 물론 고향은 사람이 태어나 자란 곳을 가리킨다. 하지만 이 시에서 말하는 고향은 태어나 자란 곳이라는 의미만이 아니라 새롭게 삶을 시작하는 곳이라는 의미도 들어 있다. 모두들 힘들게 살았던 시절 정춘이 형은 "순천중앙극장 목소리 고운 장내 아나운서"를 "꼬드겨 밤기차 타고 서울로" 도망친다. 그때의 설레던 마음을 어떻게 말로 다 표현할 수 있으랴. 정춘이 형은 따뜻하고 깨끗한 신혼방 대신 "썩은 물 흘러가던 시커먼 판자촌 사글세방에 이불짐"을 부린다. 그러한 뒤 정춘이 형은 "담배 한 가치 맛있게 태우고 나서 바람벽 기대어 떨고 있는 처녀에게 등 돌리며 큰 소리로 외"친다. "여기가 이젠 내 고향!" 하고 말이다. 정춘이 형에게 서울이 고향이 된 것은 이러한 선언이 있고 난 후이다. "목소리 고운 장내 아나운서"와 삶을 새롭게 다시 시작한 곳 서울 말이다. 새로운 삶을 시작하는 곳을 고향으로 받아들이는 예는 상당하다. 따져보면 뿌리를 내리고 사는 곳이 다 고향 아닌가. 사나이에게는 도처가 다 고향이라는 만해 한용운의 오도송 한 구절 "男兒到處是故鄕(남아도처시고향)"이 생각나는 시이다. (a)

곤경

이영광

너무 세서 아무도 덤비려 하지 않는
태풍
처음부터 왕으로 태어난 자의
고독

다른 태풍의 도전을 물리쳐
제가 태풍 중의 태풍이었음을 꼭 한 번
확인하고 싶어 환장하는
태풍의
곤경

어떻게든 곤경에 한 번 처해보고 싶은데
어떻게 해도 곤경에 처할
방법이 없는 것이 곤경인
태풍의 곤경

제 성질 제가 못 이겨 날뛰다
비좁은 골목길 지린내 나는 화단에
쓰러져 죽는 태풍을,
조그만
조그만

태풍을 본다,
채송화들이
날 때부터 곤경인 것들이
곤경 말고는 아무것도 아닌
티끌들이

어떻게든 곤경을 벗어나고 싶은데
어떻게 해도 곤경을 벗어날
방법이 없는
최강의
곤경들이

본다,
화등잔만한 눈을 뜨고
채송화들이
난로 위에 떨어진 거웃같이
오그라드는
태풍을,

사자처럼 앞발을 뻗어 갸우뚱,
건드려본다
지린내 향기로운 골목길

부서진 화단을 점령하고 앉아,
이런 곤경은 처음이야

이제 정말 곤경이 무언지 알아버린
이상한 곤경이 되어
조그만 것 조그만 것,
너무 작아 무서운 태풍을
조심조심,
만지며 논다

(『현대문학』 2017년 1월호)

다윗과 골리앗, 톰과 제리 같은 역설적 관계는 언제나 통렬한 쾌감을 선사한다. 뻔하게 예측되던 판을 뒤집어 보이기 때문이다. 이 시에서는 '태풍'과 '채송화'가 대립한다. 이 차이는 '태풍'과 '서풍' 정도의 대립이 아니다. 절대적 강자와 작디작은 약자의 대립이다. 이들의 역전은 시간의 차이에서 발생한다. 시의 앞부분은 태풍이 저 혼자 날뛰는 광경을 묘사하는 데 바쳐진다. 태풍이 등장하면 아무도 대적하지 않기 때문에 태풍은 한없이 고독하다. 다른 태풍의 도전을 받아 멋지게 날려주면서 존재감을 과시하고 싶지만 그게 안 되는 게 태풍의 곤경이다. 함께할 대상이 없다는 게 태풍의 약점이다. 아무리 곤경에 처해보고 싶어도 그럴 수 없다는 게 태풍의 고민이다. 그래서 늘 저 혼자 날뛰다 제풀에 쓰러져 죽을 수밖에 없는 게 태풍의 운명이다. 시의 뒷부분에서는 채송화가 주인공이다. 채송화는 날 때부터 최고의 약자이고, 최강의 곤경이고, 가진 것이라고는 곤경밖에 없다. 드디어 태풍과 채송화가 만난다. 저 혼자 날뛰던 태풍은 제풀에 지쳐 비좁은 골목길의 지린내 나는 채송화 화단에 기진맥진 도착한 상태이다. 난로 위에 떨어진 머리털처럼 오그라든 태풍을 채송화들이 호두알만 한 놀란 눈을 뜬 채 바라본다. 뭔지 모를 상황이 벌어져 생전 처음인 곤경을 맞이한 채 사자처럼 앞발을 들어, 너무 작아 이상하고 무서운 태풍을 조심조심 건드려본다. 지난겨울 이후 급변하고 있는 이 시대의 상황에 대한 유쾌한 알레고리의 시이다. (b)

형광등이 내게 말을 걸었습니다

이영춘

나는 형광등이 되었습니다.
형광등이 되어 나를 내려다보고 있습니다
그의 피사체에 들어간 나는 한 마리 짐승,
털이 없습니다
털이 없다는 것은 죄가 많다는 것,
태초부터 아담과 이브가 빚은 능금의 맨살이었습니다

그래서 지금 나는 아픕니다
죄를 지어 아프고 지은 죄가 무거워 아픕니다
때로는 능금으로 된 살이 아프고
신의 벼락으로 빚어진 능금의 뼈가 아픕니다
지금 나는 신이 지으신 뼈가 아파
내가 나를 진찰하고 있습니다

거기, 병상 침대의 불쌍한 벌레 한 마리
그레고르 잠자(Gregor Samsa)를 닮아가며
엉금엉금 기어 빵을 찾습니다
엉금엉금 기어 창밖의 소식을 기다립니다

여기까지가 30일 동안 형광등이 되어 나를 내려다본 기록입니다
내 뼈가 살아가는 고백입니다
고백의 뼈가 사막을 건너갑니다

지구의 육천 제곱을
기어서
돌아가는(回歸)
한 마리
벌레

(『웹진 시인광장』 2017년 6월호)

시인은 먼저 자기가 "형광등이 되었"다고 선언한다. 형광등의 눈으로 세상과 저 자신을 내려다보겠다는 뜻이리라. 그리하여 시인은 지금 "형광등이 되어" 저 자신을 내려다본다. 시인이 보기에 "형광등이 되어" 내려다본 저 자신의 모습은 "한 마리 짐승"에 불과하다. "털이 없"는 "한 마리 짐승" 말이다. "태초부터 아담과 이브가 빚은 능금의 맨살" 같은……. 시인의 말에 따르면 "털이 없다는 것은 죄가 많다"는 것이 된다. 그래서 그는 지금 아파하고 있다. "죄를 지어 아프고 지은 죄가 무거워" 아프다. 형광등의 눈으로 바라보는 시인은 "신이 지으신 뼈가 아파" 아픈 자신을 "진찰하고 있"다. 이렇게 아파하는 시인의 모습이 마치 프란츠 카프카의 소설 『변신』에 등장하는 그레고리 잠자와 비슷하다. 카프카의 소설 『변신』은 그레고리 잠자가 불안한 꿈에서 깨어났을 때 갑충으로 변해 있는 저 자신을 발견하는 것으로부터 시작된다. "병상 침대의 불쌍한 벌레 한 마리"가 된 시인은 지금 왜 자기가 이렇게 변했을까, 하고 생각한다. "엉금엉금 기어 빵"이나 찾는 시인, "엉금엉금 기어 창밖의 소식"이나 기다리는 시인이 저 자신의 존재 의의를 따져보고 있는 것이 이 시이다. 어쩌면 시인뿐만 아니라 사람들 모두가 그레고리 잠자와 같은 삶을 살고 있는지도 모른다. (a)

국지성 집중호우

이운룡

내 마음속에 집중호우가 범람한다.

집을 버리고
탈출을 시도한다.

연약지반이 흔들리고 갈라져
저기압 내 몸뚱이도 와르르 무너지려 한다.
북반구의 고기압 태풍 때문이다.

바다 건너 대륙의 까치 떼가 날아와
깍깍 울어젖힌다.
나도 함께 깍깍 깍깍 목이 쉰다.

아, 대지가 흔들리고
위험수위 재난 예보가 시시각각 날아든다.
텔레비전은 폭발 직전이다.

들판 까마귀 떼는 어디로 갔나?
익사했다는 소문은 못 들었어도
비구름 속에 있으리라는 예감이 머리를 친다.

집중호우 멎는 날

나는 어디쯤 떠내려가 있을까.
죽은 몸이 가지를 뻗은 나무뿌리에 걸려
눈 부릅뜨고 있을지

확인된 보도는 없지만
나의 영혼은 남해 한복판 신생의 섬이 되어
엉엉, 엉엉 울고 있으리.

(『시의 땅』 2017년 제19집)

이 시에서 시인은 자신의 "마음속에 집중호우가 범람"하고 있다고 말한다. 마음속에 범람하는 집중호우는 물론 과도하게 흘러넘치는 감정을 가리킨다. 감정의 집중호우로 인해 시인은 "집을 버리고/탈출을 시도"하기까지 한다. 그렇다면 "연약지반이 흔들리고 갈라져/저기압 내 몸뚱이도 와르르 무너지려 한다"는 구절이 뜻하는 것은 무엇인가. 아마도 이는 범람하는 감정에 따라 나빠지는 몸 상태를 가리키는 듯하다. 무엇 때문에 시인에게 집중적으로 감정의 집중호우가 쏟아져 내리는 것인가. 시인은 그것이 "북반구의 고기압 태풍 때문"이라고 말한다. "북반구의 고기압 태풍"이 뜻하는 바는 무엇인가. 아마도 이는 "바다 건너 대륙의 까치 떼"와도 무관하지 않은 듯하다. "깍깍 울어젖"하는 예의 "까치 떼"는 무엇을 가리키는가. 시인도 "함께 깍깍 깍깍 목이" 쉬도록 하는 "대륙의 까치 떼" 말이다. 아마도 여기서의 대륙은 "바다 건너"라는 말로 미루어보아 중국이기보다는 미국인 듯싶다. 시에 따르면 지금 "위험수위 재난 예보가 시시각각 날아"들 정도로 위험하다. 그리하여 지금은 온갖 뉴스로 텔레비전이 "폭발 직전이다." 시인은 "바다 건너 대륙의 까치 떼"를 몰아낼 이 나라 "들판 까마귀 떼는 어디로 갔"느냐며 한탄한다. "비구름 속에" 숨어 있기라도 한 것인가. 시인은 혼자서 "집중호우 멎는 날/나는 어디쯤 떠내려가 있을까" 하고 생각한다. 어쩌면 그는 "죽은 몸으로" "가지를 뻗은 나무뿌리에 걸려/눈 부릅뜨고 있을지"도 모른다. 한편으로는 "남해 한복판 신생의 섬이 되어/엉엉, 엉엉 울고 있"을지도 모르는 것이 시인이다. "북반구의 고기압 태풍"과 "바다 건너 대륙의 까치 떼" 때문에 시인을 비롯한 이 나라 국민들이 느끼는 엄청난 감정의 집중호우를 어떻게 할 것인가. (a)

천둥벌거숭이

이은규

적들은 언제나 승리한다

이제 천둥이 쳐도 숨지 않겠어요
그 시간을 기다려 벌거숭이로 뛰어나오겠어요
천둥 아래 맨몸으로 날뛰는 한 점이 되겠어요

언제나 승리하려는 적들을 향해

(『21세기문학』 2017년 봄호)

천둥벌거숭이는 두려운 줄 모르고 덤벙거리거나 마구 날뛰는 사람을 뜻한다. 원래 잠자리의 일종으로 천둥 치는 여름날에도 무서움을 모르고 날아다니는 빨간 잠자리를 부르는 말이었다고 한다. 그런데 벌거숭이라는 말의 강렬한 이미지 때문인지 천둥 속을 발가벗고 돌아다니는 철없는 사람을 일컫는 말로 굳어지게 되었다.

이 시에서도 이러한 어감을 십분 살리고 있다. '천둥벌거숭이'에서 '천둥'과 '벌거숭이'의 극명한 대립을 읽어낸다. "적들은 언제나 승리한다"에서 '적들'은 다름 아닌 '천둥'이다. 그러니까 이 시는 '벌거숭이'의 입장에서 본 약자의 역사를 그리고 있다. 역사는 언제나 강자인 '천둥'의 편이었지만 그럼에도 '벌거숭이'는 포기하거나 숨지 않겠다는 의지를 드러낸다. "천둥 아래 맨몸으로 날뛰는 한 점"의 무모함을 견지하겠다고 한다. 그것이 "언제나 승리하려는 적들을 향해" 던질 수 있는 유일한 저항의 몸짓이기에. 짧은 시이지만, 강력한 힘과 그에 대한 대결의 의지가 새로운 차원의 국면을 열 수도 있다는 비전을 변증법적 구조로 펼쳐 보이고 있다. 마지막 구절이 열린 문장으로 되어 있다는 점에서 미래의 변화 가능성에 대한 긍정적인 전망이 읽힌다. (b)

기차를 타고

이은봉

기차를 타고 다시 또 어디론가 떠난다
떠나기는 무얼 어디론가 떠나나
집으로 가는 돌아가는 거다 집에는
어머니와 함께 늙어가는 아내가 있다

아직도 객지를 떠돌며 어지럽게 살다가
마음이 쓸쓸해져 그만 기차를 타고
집으로 돌아가는 거다 제 집으로 돌아가는
기다림도 없이 어떻게 세상을 사나

멀리 보이는 저기 저 산기슭 아래에는
옛집이 있다 옛집으로는 갈 수 없다
기차 안 이동매점에서 도시락을 산다
도시락에는 어머니와 아내가 살고 있다.

(『미네르바』 2017년 가을호)

위의 작품의 화자는 "기차를 타고 다시 또 어디론가 떠난다"라고 토로한 데서 보듯이 고향을 떠나온 삶을 살아왔다. 타향에서의 삶이 주를 이루었고 고향은 가끔씩 들러온 것이다. 따라서 작품에서 "떠난다"라는 말은 객지로 나가는 것이 아니라 "집으로 가는" 것이 된다. "객지를 떠돌며 어지럽게 살다가/마음이 쓸쓸해져 그만 기차를 타고/집으로 돌아가는" 의미가 되는 것이다.

그리하여 "기차를 타고 다시 또 어디론가 떠"나는 화자의 마음은 즐겁다. 객지로 나가는 길은 앞날에 대한 불안과 미지의 세계에 대한 두려움으로 긴장되지만, 집으로 돌아오는 길이기에 편하다. "어머니와 함께 늙어가는 아내가 있"기에 더욱 그러하다. 따라서 화자는 "기차 안 이동매점에서 도시락을" 사지만 조금도 섭섭하거나 쓸쓸하지 않다. 자신을 반갑게 맞아줄 "어머니와 아내가" 그 "도시락"에 들어 있기 때문이다. (c)

돌과 여울

이재무

급하게 흐르는 여울이 돌을 만나 아프다고 소리칩니다 안쓰러운 나머지 돌에게 원망이 들고, 여울을 위해 저 돌을 꺼내야겠다고 마음을 먹습니다 그러다가 순간 여울 때문에 돌은 또 얼마나 부대끼고 고되었을까를 떠올리니, 이번엔 여울에 시달려온 돌이 안돼 보이고 그의 생이 불쑥 서러워졌습니다 따지고 보면 우리 모두는 서로에게 돌이거나 여울입니다 어제는 여울이었다가 오늘은 돌이고, 오늘은 돌이었다가 내일은 여울인 셈이지요 여울은 돌을 만나 여울빛이고 돌은 여울을 만나 돌빛입니다 서로가 서로에게 스미며 만든 빛깔이지요

(『마하야나』 2017년 봄호)

이 시는 여울과 돌의 상호관계를 다루고 있다. 여울과 돌은 각각의 사람들에 대한 알레고리이다. 자연현상으로서 여울은 물론 물살이 빠르고 세차게 흐르는 곳을 말한다. 여울과 함께하는 돌에 대해서는 따로 설명할 필요가 없다. 이 시에서는 우선 "급하게 흐르는 여울이 돌을 만나 아프다고 소리"치고 있는 것을 볼 수 있다. 이를 본 시인은 여울을 위해 "돌을 꺼내야겠다고 마음"먹는다. 그러다가 순간 생각한다. 급하게 흐르는 "여울 때문에 돌은 또 얼마나 부대끼고 고되었을까" 하고 말이다. 살다 보면 사람도 서로 네 탓이니 내 탓이니 싸우는 경우가 비일비재하다. 서로의 입장을 고려하고 이해하지 못하는 결과이다. 하지만 시인은 서로의 입장을 익히 고려하는, 즉 돌과 여울의 입장을 충분히 배려하는 모습을 보여준다. "따지고 보면 우리 모두는 서로에게 돌이거나 여울"이기 때문이다. 돌과 여울은 본래 서로 스미며 살 수밖에 없는 관계를 갖고 있다. "어제는 여울이었다가 오늘은 돌이고, 오늘은 돌이었다가 내일은 여울인" 것이 삶의 관계이다. 그렇다. "여울은 돌을 만나 여울빛이고, 돌은 여울을 만나 돌빛"이 된다. "서로가 서로에게 스미며" 만드는 것이 각각의 빛깔인 것이다. 서로가 서로를 배려하는 마음을 "여울과 돌"의 이미지를 통해 보여주고 있는 것이 이 시이다. (a)

무등이왓 팽나무

이종형

섬의 역사를 다시 배우려는 이들과
삼밭 구석에서 시 한 편 제문(祭文)처럼 읽고 돌아 나오는 길
유채꽃만 한 노랑나비 수백 마리가
팔랑팔랑 날아다녔다

그 길목에 증인처럼 서서
나이 드는 팽나무 한 그루
제 몸에서 난 것 아닌 생명들을
주름진 등걸에 잔뜩 껴안고 있다

그림 그리는 김영화는
저건 마삭, 그 옆에 으름, 송악, 그리고, 그리고
단 하나의 이름도 놓치지 않겠다는 듯
푸른 잎을 가진 생명들의 이름을 주르르 다 꿰고 있다

그해 어떤 이름들을 다 지워버린 일이 있었다
마을이 불타 사라지고
사람들은 돌아오지 못했으나

인적 끊긴 옛 마을 어귀에서
무등이왓 팽나무는
다시 태어나는 목숨들을

오롯이 제 품에 안고 있었던 것이다
그렇게 살아오고 있었던 것이다

(『제주작가』, 2017년 겨울호)

"무등이왓"은 제주특별자치도 서귀포시 안덕면 동광리에 있는 마을 터이다. 1948년 4·3사건 때 전소되어 지금까지 복구되지 못하고 있다. 300년 전에 이주한 사람들이 화전을 일구어 형성한 마을로 130호나 되는 데다가 교육열이 높기도 했는데, 4·3사건으로 말미암아 100여 명의 주민이 희생당했다.

위의 작품의 화자는 그곳의 "길목에 증인처럼 서" 있는 "팽나무 한 그루"를 발견한 뒤 "제 몸에서 난 것 아닌 생명들을/주름진 등걸에 잔뜩 껴안고 있"는 모습을 주목한다. "마을이 불타 사라지고/사람들은 돌아오지 못했으나" "무등이왓 팽나무는/다시 태어나는 목숨들을/오롯이 제 품에 안고 있"기 때문이다. 그리하여 화자는 새로운 역사의 발생을 기대한다. 아무리 "이름들을 다 지워버린"다고 해도 민중들은 언젠가 "살아"온다고 믿는 것이다. (c)

쑥순이전

복더위를 쫓느라 쪽마루에서 부채질하던 엄마가
혼자 살림에 고단했던지 깜빡 졸았대요
그새 사달이 난 겁니다
엄마 무릎 베고 잠든 아기가 뒤척이다 떨어져
봉당에 피워놓은 쑥대 모깃불을 짚었다지요
자지러지는 울음에 황급히 안아보니
오른손 세 손가락에서 한 마디씩 떨어져나갔대요

엄마는 제발 아프지만 말라며
쑥설기 찌고 쑥전 부쳐주고 쑥경단도 빚고
쑥국 쑥차도 끓여주었대요
쑥 자만 들어도 팔짝팔짝 뛰며 박수를 쳐서
쑥순이가 되었다지요
쑥국쑥국 쑥국새가 울어도 동무처럼 반겼다 하고요

그 손으로 쑥순이는 사생대회 상도 독차지했대요
학교 대신 다닌 공장에선 미싱자수 뜨개질 솜씨도 최고였다지요

이불가게를 할 땐 손수 솜을 틀어 이불을 꾸몄는데
새색시용 원앙금침은 근동에 소문이 자자했어요
우리 큰애가 재수 끝에 대학시험에 붙자
명의가 될 친정 장조카가 대견하다며

통 크게 식구 수대로 이불 일습을 가져왔지요

팔 남매 큰며느리 자리 시집살이를 암팡지게 견디며
시동생 시누이 혼사도 거뜬히 치렀고요
종심을 바라보는 쑥순이는 며느리 하나에 사위 둘을 얻어
손주를 헤아리려면 열 손가락이 몽땅 필요합니다

(『리토피아』 2017년 가을호)

"쑥순이"는 "엄마 무릎 베고 잠"들었다가 "떨어져/봉당에 피워놓은 쑥대 모깃불을 짚"는 바람에 "오른손 세 손가락에서 한 마디씩"을 잃었다. 천추의 한이 될 이 "사달"이 조금이라도 낫도록 "엄마는 제발 아프지만 말라며/쑥설기 찌고 쑥전 부쳐주고 쑥경단도 빚고/쑥국 쑥차도 끓여주었"다. 그 지극정성이 통했는지 "쑥순이"는 "쑥 자만 들어도 팔짝팔짝 뛰며 박수를" 치며 잘 자랐다. "사생대회 상도 독차지했"고 "학교 대신 다닌 공장에선 미싱자수 뜨개질 솜씨도 최고였다". 그리고 어른이 되어 "이불가게를 할 땐 손수 솜을 틀어 이불을 꾸몄는데/새색시용 원앙금침은 근동에 소문이 자자했"다. 뿐만 아니라 "팔 남매 큰며느리 자리 시집살이를 암팡지게 견디며/시동생 시누이 혼사도 거뜬히 치렀"다.

"종심을 바라보는" 나이에 "며느리 하나에 사위 둘을 얻어" 행복하게 살아가고 있는 "쑥순이". 장애를 딛고 살아온 그녀의 생애가 자랑스럽다. 이렇듯 "쑥순이"들도 잘 살 수 있기에 우리의 사랑이 필요하다. (c)

처용

이중도

서라벌 달 밝은 밤이면

바람이 불어왔다
대양의 심장에서 태어난 허리 굵은 역사(力士)가 고래를
대왕문어를 붉은 달을 무쇠 억만 근의 파도소리를 지고 와
시들해진 서라벌 식물성의 밤에 풀어놓았다

순간, 술잔에서 동해가 출렁거리고
고래를 타고 다니던 물결에 달빛이 부서지고
마음 바위에 음각되어 이끼 덮여가던 유년이 다시 꿈틀거리고……

서라벌 달 밝은 밤이면

동해의 힘줄이 끌어당기는 무한 인력(引力)에
끊어질 듯 팽팽해진 그리움의 현(絃)에 걸터앉아
밤을 새웠다

늙은 왕이 하사한 계집은 집구석에 처박아놓고
역신(疫神)이 드나들든 해모수가 드나들든 제우스가 드나들든
가랑이가 넷이 되든 알을 낳든 백조가 덮치든
빛바랜 기와지붕 아래 처박아놓고

(『시현실』 2017년 겨울호)

위의 작품은 『삼국유사』 권2 처용랑과 망해사(處容郎望海寺)조에 나오는 처용을 인유하고 있다. 처용은 용의 아들로 헌강왕을 따라 서울(경주)로 와 정사를 도왔다. 왕은 처용에게 급간(級干)이라는 벼슬을 내렸고 미녀를 아내로 맺어주었다. 그런데 역신이 처용의 아내를 흠모해 밤에 몰래 들어가 동침했다. 밤 늦게 돌아온 처용이 그 모습을 발견했는데, 화를 내지 않고 오히려 그 앞에서 노래를 부르고 춤을 추었다. 이에 역신이 처용 앞에 무릎을 꿇고 용서를 빌며 처용의 그림만 보아도 집에 들지 않겠다고 했다. 그 뒤 백성들은 처용의 형상을 그린 부적을 문에 붙여 귀신을 물리쳤다.

처용이 누구인가에 대해서는 당시 울산 지역 호족의 아들, 신라에 내왕하던 아라비아 상인, 화랑 집단 등으로 학설이 분분하다. 어느 경우든 신라 사회가 풍성하고 번영하는 상황이 반영된 것으로 보인다. 위의 작품의 "처용" 역시 "서라벌 달 밝은 밤이면" "대양의 심장에서 태어난 허리 굵은 역사(力士)가 고래를/대왕문어를 붉은 달을 무쇠 억만 근의 파도소리를 지고 와/시들해진 서라벌 식물성의 밤에 풀어놓"는다. "술잔에서 동해가 출렁거리"는 장면이 눈에 선하다. (c)

까보다로까*

자욱한 안개 속에서
빨간 등대는 무덤처럼 솟아 있었고
등대의 외로운 지문은 선명했다
안개의 고향인 듯, 땅끝은 고요하고 축축했다

지우고 또 지우고 수만 번을 지우고
여기에 닿았는데
눈길 발길 닿는 곳마다 별이 된 한 사람이
반짝이고 있었다
궤도를 이탈한 시간의 토막들도
고통의 껍질을 벗고 함께 반짝이고 있었다

갈기를 세운 대서양의 포말 속에도
억만 번 삼킨 눈물이 닿았는지
안개의 뿌리를 키우는
천 길 낭떠러지가 전혀 무섭지 않았다

싱싱한 머리카락이
한 줌 연기로 사라진 후
단단히 조여 맨 슬픔의 끈이 스르르 풀어지는 땅끝은
캄캄한 것들을 환히 보여주는

지구의 별밭이었다

* 땅이 끝나고 바다가 시작되는 지구의 서쪽 끝. 포루투갈에 있다

(『서정시학』 2017년 봄호)

유럽의 땅끝을 방문했던 여행 체험을 담고 있는 시이다. 대한민국의 땅끝은 전라남도 '해남'에 있지만 유럽의 땅끝은 포르투갈 '까보다로까'에 있다. '까보다로까'는 높은 해안 절벽에 위치해 있어 하루에도 몇 번씩 날씨가 변화한다. 시인이 이곳을 찾아갔을 때는 안개가 자욱했던 날인 듯하다. 안개에 가득 덮여 있는 해안 절벽을 상상해보라. "안개의 고향"에 온 듯하지 않겠는가. "빨간 등대는 무덤처럼 솟아 있"고, "등대의 외로운 지문은 선명"한 곳, "고요하고 축축"한 유럽의 땅끝 '까보다로까' 말이다. "지우고 또 지우고 수만 번을 지우고/여기에 닿았는"데도 이곳에서는 "눈길 발길 닿는 곳마다 별이 된 한 사람이/반짝이고" 있다. "반짝이고 있"는 것은 "별이 된 한 사람"만이 아니다. "궤도를 이탈한 시간의 토막들도/고통의 껍질을 벗고 함께 반짝이고 있"다. 그렇다면 별이 된 한 사람은 누구인가. 산 자일 수도 있고, 죽은 자일 수도 있다. 고난과 절망에 허덕이는 사람일 수도 있고, 희망을 향해 달려가는 사람일 수도 있다. 나일 수도 있고 너일 수도 있다. 시작과 끝이 함께 있는 이곳을 다녀간 혹은 다녀갈 예정인 불특정 다수의 사람일 수도 있다. 그러니 시인이 "안개의 뿌리를 키우는/천 길 낭떠러지가 전혀 무섭지 않"은 것은 당연하다. 어쩌면 그곳에 "억만 번 삼킨 눈물이 닿"아 있을 수도 있다. 정작 중요한 것은 온갖 고난과 시련에서 포기하지 않고 희망을 향해 걸어나아가는 일이다. "단단히 조여 맨 슬픔의 끈이" 계속해 묶여 있는 것은 아니지 않은가. 그렇다. 시인은 이곳에서 "슬픔의 끈이 스르르 풀어지는" 것을 통해 "감감한 것들을 환히 보여주는/지구의 별밭"을 발견하고 있다. (a)

동물 소묘

이현호

"요즘 어때?" 누가 물어오면, "그냥"이라고 얼버무릴 날들
마음이 마음을 돌보지 않은 지 여러 날이다
창밖 놀이터의 벚꽃은 이 저녁을 견디기 힘들 것이다
힘들다는 거, 방금 몸 매달 한 가닥 줄도 없이 방바닥을 가로지르던
점 하나
그 거미의 옹송그린 자세 같은 거
불을 켜지 않는 방에는 실수로라도 찾아올 날
벌레도 없는데, 나는 괜히 미안함을 가져보고 싶어서
거미를 지켜보기만 했지 아껴 맛봐야 할 마음의 양식인 듯이
"왜 그래?" 누군가 알아주면, "아무것도"라며 말 흐릴 날들
씻어야 할 마음이 있는 것 같아서
샤워기를 틀면 알몸뚱이를 거미줄같이 감싸는 습기 찬 저녁
바닥에 흘린 물기를 걸레로 닦으며
물 한 방울 마실 데가 없었을 너에 대해 반성했지
나는 어쩐지 미안함을 느끼고 싶어, 방바닥에 붙어 눈 감고
침묵으로 거미의 울음소리를 돌보고 있으면
이 밤이 벚꽃을 토하는 소리가 창을 넘어오고
'괜찮니?' 혼잣말을 하면, 방 한구석에
작은 물방울의 자세로 숨을 죽이는 감정 하나
마음의 변태로나마 붙잡고 싶은 한 목숨이
거미줄도 없는 허공에 매달려 아슬아슬 깊어진다

(『현대시학』 2017년 6월호)

이 시에는 비슷한 처지의 존재들이 셋 등장한다. '나'와 '벚꽃'과 '거미' 모두 위태로운 삶을 견디고 있는 형국이다. "마음이 마음을 돌보지 않은 지 여러 날"인 '나'는 "창밖 놀이터의 벚꽃"이 이 저녁을 견디기 힘들 것이라고 생각한다. 그저 견디고 있는 것이라면 곧 떨어질 수도 있는 불안한 상태이기 때문이다. "몸 매달 한 가닥 줄도 없이 방바닥을 가로지르던" 거미는 더욱 암담한 상태이다. '나'는 물 한 방울 마실 데 없는 방바닥에 알몸뚱이로 놓여 있는 거미에게 미안함을 느낄 지경이다. 거미줄도 없이 황량한 방구석에 떨어져 있는 거미에게 '나'는 자꾸 마음이 쓰인다. 방바닥에 함께 붙어 눈을 감고 있으면 거미의 울음소리가 들리는 듯하다. "괜찮니?"라고 고요히 던지는 혼잣말은 떨어져 내리는 벚꽃에 대한 안타까움이요, 울고 있는 거미에 대한 위로요, '나' 자신에 대한 간절한 물음이다.

백석의 시 「수라」처럼 마음의 작용이 섬세하게 드러나는 시이다. 「수라」에서 거미 가족에 대한 애틋한 연민의 감정이 주를 이루었다면 이 시에는 연민 이상으로 자기 자신에 대한 불안감이 내포되어 있다. 맨몸뚱이로 위태롭게 살아가는 처지라는 점에서 거미와 '나'의 거리는 더욱 축소된다. '동물 소묘'와 '자화상'이 겹쳐지면서 내면 풍경을 독특하게 담아내고 있다. (b)

외눈박이 놀이터

임곤택

놀이터를 내려다보는 키 큰 감시자
가로등은 인색하고 어둡다
엉덩이를 받치는 미끄럼틀의 가파른 기울기
추석이 가깝지만 나는 벌써 어른 아닌가
'없다' 말하지 않고는 설명할 수 없는 일들
아버지같이 무뚝뚝해진 동생과
늙은 엄마
다리를 접었다 펴면 그네가 조금씩 움직인다
꽃들에서 썩은 오줌 냄새가 난다
양쪽 귀를 관통하는 바람과 농담들
자동차 한 대 지나간다
확인한 것은 외눈박이 놀이터와 남자 어른 한 명
너무 진지하면 거짓말에 멈추게 될 텐데
손톱을 깎고 양말을 꺼내 신고
가족들과 나란히 아버지 젯밥을 나눠먹는다
걱정없다
없는 것이나 마찬가지다
앞 차의 붉은 미등을 따라, 왔던 길을 되돌아 달린다
낯익고 막막한 이 소도시에서
몇 시간의 쓸쓸함은 당연한 거 아닌가
두 개나 되는 눈 쓸모없는 거 아닌가

(『서정시학』 2017년 가을호)

어른들에게 명절은 과잉이거나 결핍이다. 추석이 가까운데 놀이터의 그네에 앉아 있는 '나'는 전형적인 결핍의 상태를 드러낸다. '나'는 "아버지같이 무뚝뚝해진 동생"과 "늙은 엄마"와 조촐하게 아버지 제사를 지내고 돌아온다. "걱정 없다"는 말은 거짓말이거나 희망사항일 것이다. 달리 할 말이 없이 서로의 근황을 확인한 후 왔던 길을 되돌아 달려온다. 그리고 낯익고 막막한 소도시의 놀이터에서 적막한 심사를 달래본다. 꽃들에서 썩은 오줌 냄새가 나고 바람과 농담들이 양쪽 귀를 관통한다. 어지러이 버려진 느낌이 드는 풍경이다. 한없이 쓸쓸하고 처량한 마음이다. 이런 '나'를 바라보는 단 하나의 눈길이 있으니, "놀이터를 내려다보는 키 큰 감시자/가로등"의 그것이다. 외눈박이 가로등이 차가운 눈빛을 건네는 놀이터는 어둡고 황량하다. 네 처지는 볼 것도 없다는 듯 인색한 눈길이 냉랭하기만 하다. 명절에 느끼게 되는 편치 않은 심사가 고스란히 전해지는 참 쓸쓸한 시이다. (b)

영국이와 민호

임성용

1990년, 구로공단에 있던 작은 공장이었다.
영국이가 야간조 실습생으로 들어왔다.
밤 12시쯤 수업이 끝나면 가방을 메고 왔다.
태핑머신 보루방으로 밤새도록 나사를 깎았다.
어느 날 아침, 영국이는 작업대에 엎드려 있었다.
그날은 주말이라 사람들이 모두 일찍 퇴근하고
공장에는 아무도 없었다.
8시까지 일을 해야 되는 영국이뿐이었다.
특근을 하려고 나온 나는 영국이를 보았다.
영국이가 잠을 자는 줄로 알았다.
영국이는 태핑기에 장갑 낀 손가락이 말려 있었다.
손가락이 잘린 채 그대로 죽은 듯이 엎드려 있었다.
영국이의 얼굴은 새하얗게 질려 있었다.
혼자, 어쩌지 못하고 울지도 소리치지도 못하고
영국이는 얼마나 겁이 났을까, 얼마나 아팠을까.
시퍼렇게 변한 손등에서 시커멓게 으스러진 손가락에서
검은 피가 검은 장갑을 흠뻑 적시고 있었다.
영국이는 동양공고 야간반 2학년이었다.
아버지는 없고 홀어머니와 단둘이 산다고 했다.
영국이 엄마가 공장 사무실에 찾아와 목 놓아 울었다.
그 뒤로 나는 공장을 나올 때까지 영국이를 본 적이 없다.
27년 전의 일이었고 어느덧 27년이 지난 일이었다.

27년이 지났는데도 27년은 오도가도 않고 그대로였다.
제주도에서 특성화고 민호가 혼자, 작업하다가
기계에 목이 끼여 목뼈가 부러져 죽었다.
살려달라는 말 한마디 못하고 죽었다.
민호는 3학년, 영국이보다 한 살 많은 아이였다.
열일곱, 열여덟 살 먹은 우리 영국이와 우리 민호는
우리에게 어떤 자식이고 우리 어른들에게 어떤 아이들일까.
끊임없이 27년이 반복되고 27년이 다시 왔다.
우리는 변함없이 27년을 살고 있다.
27년이 가고 또 가도 27년 전의 영국이가 엎드려 있다.
27년 후의 민호가 죽어서 엄마 앞에 누워 있다.

(『다층』 2017년 겨울호)

위의 작품에 등장하는 "민호"는 2017년 11월 9일 제주의 한 생수 제조업체에서 현장실습을 하다가 안전사고를 당해 사망했다. "혼자, 작업하다가/기계에 목이 끼여 목뼈가 부러"진 채 "살려달라는 말 한마디 못하고 죽었다". "민호"는 만 18세 미만이어서 근로기준법상 연소자에 해당된다. 근무 시간이 1일 7시간을 초과해서는 안 되고, 추가 근무를 할 때는 당사자의 동의를 얻어 최대 1시간 연장할 수 있지만, 1주 40시간을 초과해서는 안 된다. 그렇지만 이와 같은 근무 계약은 형식에 불과했다. 사업주는 매일 10시간 이상 노동을 시켰고, 점심시간도 주지 않았으며, 근로 수당도 제대로 계산해주지 않았다.

많은 학생들이 실습생의 신분으로 위험한 작업장에서 보호를 받지 못하고 있다. "민호"가 사망한 이후에도 실습생들이 작업장에서 안전사고를 당했고 심지어 자살한 경우도 있었다. 이와 같은 상황은 "1990년, 구로공단에 있던 작은 공장"에서 "야간조 실습생으로" 일하던 "영국"이가 안전사고를 당한 데서 볼 수 있듯이 뿌리가 깊다. "열일곱, 열여덟 살 먹은 우리 영국이와 우리 민호는/우리에게 어떤 자식"일까. (c)

혜산의 어둠

임 윤

산수 갑산을 가보았는가
회색 그림자가 심심유곡에 일렁대고
가파른 능선이 강물에 빠져 헤어나지 못할
갈대 우거진 강변에
저녁연기 나지막이 깔리는 성냥갑 같은 집
나를 닮은 여동생이 살고
온종일 기다리다 지친 누이가 잠이 든
산수 갑산 간이역을 지나치는 기차를 보았는가
회색빛 이념들이 섬을 만들어
굵은 철조망이 강변을 막아버린 곳
어린 꽃제비가 무작정 강 건너 사라진 곳
어둠이 짙어가는 장백현
건너편 강변에서 손 흔드는 아이와
나를 향해 총부리를 조준하는 초소의 군인을 보았다
산 그림자에 젖어드는 집과
저녁연기 속으로 사람들은 점차 희미해진다
장백현 불빛에 눌려
지워진 길 위에서 방황한다
나지막한 집들의 지붕, 춥고 황량한 강변
압록강 이천 삼백 리 굴곡의 시간은
물결 흐르는 속도로 저리 유유자적 흘러가는가

(『주변인과문학』 2017년 겨울호)

"혜산"은 양강도 북부에 있는 도시로 원래는 함경남도 갑산군에 속해 있었다. 우리나라에서 제일 높은 백두산이 있고, 압록강을 끼고 중국과 접해 있다. 동쪽은 운흥군, 서쪽은 "산수"(삼수)군, 남쪽은 "갑산"군, 북쪽은 압록강이 있다. 고산지대여서 감자나 조 같은 밭작물이 나고, 목재 자원의 집산지이며, 광산 지역이기도 하다.

작품의 화자는 중국 "장백현"에서 "회색 그림자가 심심유곡에 일렁대고/가파른 능선이 강물에 빠져 헤어나지 못할/갈대 우거진 강변에/저녁연기 나지막이 깔리는 성냥갑 같은" 그곳의 "집"들을 바라보고 있다. 한 "집"에는 "나를 닮은 여동생이 살고/온종일 기다리다 지친 누이가 잠이" 들었을 것이라는 상상도 해본다. 그렇지만 현실은 "회색빛 이념들이 섬을 만들어/굵은 철조망이 강변을 막"고 있다. 그리하여 화자는 "혜산"의 "나지막한 집들의 지붕, 춥고 황량한 강변"을 안타까운 마음으로 바라본다. "장백현 불빛에 눌"린 채 분단 조국의 "길 위에서 방황"하는 것이다. (c)

감주

따듯하게 데워 먹어야 한다
엿기름 우린 물에 밥알 삭힌 감주, 감주는 물이 아니라 삭힌 밥알로
먹어야 한다고 일러준 사람
북(北)에서 온 사람이었다

'타는 듯한 녀름볕'이 아니라 '쩔쩔 끓는 아르굳*에서 먹는 게 냉면
이라고 일러준 사람

얼음 띄운 감주 마시며 생각한다
그이들은 아직도 냉면을, 만두를 빚어 먹고 있을까 온가족이 두리반
에 둘러앉아 감자농마국수 먹거나 가자미식혜, 숭어국, 어죽, 온반 즐
기고 있을까 그러나

내 인식의 동토에선 풀 한 포기 자라지 않고
감주를 마시다 새삼 떠올리는 소월의 거리
춘원의 거리, 백석의 거리에도

사람이 살고 있을 거라는 생각, 아무리 철조망 치고 콘크리트 갖다
부어도 서정의 영토 사라지지 않을 거라는 생각
누가 지워버린 걸까

달고 시원한 단술 맛은 예나 지금이나

한결같은데,

* 백석의 시 「국수」에서 빌려옴

(『문학청춘』 2017년 가을호)

백석의 시는 미각의 확대라는 측면에서도 각별한 의미를 지닌다. "달디 단 따끈한 감주나 한 잔 먹고 싶다고 생각하는 내 가지가지 외로운 생각이 헤매인다"(「흰 바람벽이 있어」)의 "따끈한 감주"는 분명 외로움을 위로할 만한 맛을 지녔을 것이다. "이 희수무레하고 부드럽고 수수하고 슴슴한 것은 무엇인가//겨울밤 쩡하니 닉은 동티미국을 좋아하고 얼얼한 댕추가루를 좋아하고 싱싱한 산꿩의 고기를 좋아하고//그리고 담배내음새 탄수내음새 또 수육을 삶는 육수국 내음새 자욱한 더북한 삼방 쩔쩔 끓는 아르굳을 좋아하는 이것은 무엇인가"(「국수」)라는 수수께끼를 따라가며 이 음식을 먹고 싶은 마음이 들지 않는 사람은 없을 것이다. 명절날 문틈으로 들어오는 "무이징게국을 끓이는 맛있는 내음새"(「여우난골족」)는 '무국'보다 더 구수하고 맛있을 것 같은 느낌을 자아낸다. 백석의 시에 나오는 북쪽의 음식들은 남쪽의 음식과 비슷하면서도 다르게 그곳만의 독특한 풍미를 드러낸다. 감주는 따끈하게, 국수는 차갑게 먹는 식이다. 남쪽의 시인은 얼음 띄운 감주를 마시며 백석의 따듯한 감주를 떠올린다. 남쪽의 방식과 사뭇 다르지만 무척 맛있을 것같이 느껴지는 북쪽의 많은 음식들을 생각해본다. 그리고 그 음식들을 먹고 살아갈 사람들을 떠올려본다. "서정의 영토"는 철조망을 치거나 콘크리트로 막을 수 없다는 믿음은 어느새 지워져 흐릿하다. 분단의 상처는 서정의 영토마저 폐색시켜버린 것이다. 뇌리에 새겨진 생생한 미각만이 남아 안타까운 그리움을 불러일으킨다. (b)

2016년 11월 19일 저녁
— 대통령 하야 시위 현장을 보고

정대호

대구백화점 앞
길 위에는 임시 낙서판이 있었다.
A4용지에 낙서를 하여
자유롭게 붙이는 게시판
가족끼리
연인끼리
친구끼리
낙서를 하여 테이프로 붙이고
사진을 찍고
다시 이 사진을
여기저기 나누며 웃는다.

언니
쫌
할매
쫌
동트기 전이 가장 어둡다.
아줌마도 쌀 씻다가 나왔어요.
그네 언니 이제 그만 징징대시고 내려오시죠.
자식들 보기 부끄럽습니다.
혼자는 하야도 못 하는 참 나쁜 대통령.
우리나라의 공주는 우리 딸만으로도 충분해.

박근혜는 대통령도 어른도 아닌
순실 엄마 말 잘 듣는 유치원생 어린이이기 때문이다.
우리가 뽑은 순실이 꼭두각시

낙서를 붙이고 그 앞에서
사진을 찍는다.
초등학생들이 친구끼리
엄마 아빠 손 잡고 가족끼리
퇴근하면서 친구끼리
끼리끼리 모여 서서
웃고 떠들고

아, 온 백성들의
즐거운 놀림감이 되어준
푸른 집의 슬픈 사람들.
유치원 아이도 초등학생도
중학생도 고등학생도
누구도 웃고 즐기는 서글픈 궁민(窮民) 놀이의 광장.

(『사람의 문학』 2017년 봄호)

2017년 3월 10일, 제18대 대통령 박근혜는 파면 선고를 받았다. 헌법 재판소는 비선실세 최순실의 국정농단 과정에서 헌법과 법률을 위반했다며 국회가 탄핵소추안을 가결한 것을 인용했다. 현직 대통령에 대한 파면은 역사상 처음 있는 일이어서 국민들은 큰 충격을 받았지만, 헌법을 수호했다는 점에서 환호했다. 대한민국은 민주공화국이고, 대한민국의 주권은 국민에게 있으며, 모든 권력은 국민으로부터 나온다는 헌법 정신을 회복했기에 기뻐한 것이다.

위의 작품 제목인 "2016년 11월 19일 저녁"은 제4차 촛불집회가 집행된 날이었다. 집회의 슬로건은 "박근혜는 하야해라!"였다. 2016년 10월 29일 청계광장 및 광화문광장에서 제1차 촛불집회가 열린 후 매주 전국의 광장에 사람들이 모였다. 사람들은 "그네 언니 이제 그만 징징대시고 내려오시죠."라든가, "자식들 보기 부끄럽습니다./혼자는 하야도 못 하는 참 나쁜 대통령./우리나라의 공주는 우리 딸만으로도 충분해" 등으로 풍자했다. "초등학생들이 친구끼리/엄마 아빠 손 잡고 가족끼리/퇴근하면서 친구끼리/끼리끼리 모여 서서/웃고 떠들"며 평화집회를 했다. 마침내 국민들은 대한민국의 주권을 회복한 것이다. (c)

우리 누구나의 외할머니
— 창신동

정우영

늙을수록 평지에서 비탈로 내몰린
여든 노구의 짐 진 쇗대가
저물녘 창신동 비탈을 헉헉,
가쁘게 밀어올리고 있는데요.
한참 동안 애를 써봐도
비탈은 자꾸 늘어져 비틀거리고
길가 노란 산수유마저 흔들려 어지럽습니다.
지쳐 후줄근해진 몸뚱일 내려놓고
궐련 한 대 꺼내 무는 사이,
혼몽한 어둠이 골목들 집어삼키네요.
두터워진 그늘 속을 더듬더듬
여러 번 헛발 딛자 보다 못한 비탈이
스스로 문 열어 쇗댈 품어줍니다.
찰그락찰그락 쇗대 소리 아리게 풍겨 나오는
비탈의 목울대가 아프게 저무는데요.
산수유 열매 발갛게 익을 무렵에는
여든 쇗대도 말갛게 여물어
저 비탈 선선히 열고 나오시지 않을까요.

(『녹색평론』 2017년 5월 · 6월호)

여든 노구의 외할머니를 대상으로 하고 있는 인물 형상의 시이다. 물론 여기서 말하는 외할머니는 에둘러 표현한 말이다. "늙을수록 평지에서 비탈로 내몰린" 노인들 일반을 가리키는 것이 이 시에서 말하는 외할머니라는 뜻이다. 그렇다. 이들 노인을 "여든 노구의" 외할머니로 친근하게 부르고 있는 것이 이 시에서의 시인이다. 이 시에서 외할머니는 때로 "쇳대"로 상징되어 불리기도 한다. "쇳대"가 "여든 노구의 짐"을 지고 있는 것으로 드러나 있는 것이 이 시라는 말이다. 외할머니는 지금 이 시에서 "창신동 비탈을 헉헉"거리며 오르고 있는 중이다. 한참을 올라가도 "비탈은 자꾸 늘어져 비틀거리"기만 한다. 건강한 젊은 사람이라면 쉽게 올랐을 비탈을 외할머니는 숨 가쁘게 올라가고 있는 중이다. 마침내는 "길가 노란 산수유마저 흔들려 어지럽"게 할 정도이다. "궐련 한 대 꺼내" 물고 잠깐 쉬었다가 다시 가기를 반복하는 사이 "여러 번 헛발 딛자 보다 못한 비탈이/스스로 문 열어 쇳댈 품어"주기도 한다. "찰그락찰그락" 쇳대 소리가 들리는 풍경이 독자들의 마음을 아리게 한다. "비탈의 목울대가 아프게 저"물지만 시인은 "산수유 열매 발갛게 익을 무렵에는/여든 쇳대도 말갛게 여물어/저 비탈 선선히 열고 나오시지 않을까"하고 희망을 잃지 않는다. 당신과 나의 외할머니 역시 "여든 노구"의 모습을 하고 "두터워진 그늘 속을 더듬더듬"거리며 창신동 비탈길을 올라가고 있지 않을까. (a)

공지

정운자

안동, 춘양, 태백에서 올라온
중백의 할머니 네댓 희희낙락거린다
동창이라고 오십여 년 만에 모인 자리
멀어도 멀지 않은 추억만큼
먼 친척보다 환하게 만난 경옥이 형옥이 옥남이
깊어진 주름 업고 온 길

누구는 며느리 덕으로 호강하고
또 누구누구는 사위 잘 얻어 느지막이 팔자 고쳤다는 소문도
줄줄이 꺼내놓은 손자 자랑만 못했다
먼저 가 기다리는 서방 만날 때는 새 옷 입고 가고 싶다며
일찍 혼자 된 경옥이 사정에 눈 붉어지고
자식도 안 해주는 수의를 준비해야겠다는 말에
예나 지금이나 눈치 없는 옥남이는 윤년에 하라며 맞장구쳤다
명이 이만큼 길었으니 얼굴 본다며 웃어보지만
뭔 놈의 동창이냐고 역정 내던 영감 말이 생각나고
여태 취업 못한 아들도 떠올랐다

어떤 기억은 오래될수록 더 선명해져 밤새 불 밝힌다
헤어지며 기약 없는 다음을 약속했다
하나둘 왔다가 하나둘 돌아오지 못하고 점점 헐렁해진 모임
문자가 또 왔다

(『다층』 2017년 겨울호)

"**안동, 춘양, 태백에서** 올라온/중백의 할머니 네댓 희희낙락거"리는 모습은 보기 좋다. "동창이라고 오십여 년 만에 모인 자리"이기에 "먼 친척보다 환하게 만난 경옥이 형옥이 옥남이"의 "깊어진 주름"도 행복하게 보인다. 그들은 "누구는 며느리 덕으로 호강하고/또 누구누구는 사위 잘 얻어 느지막이 팔자 고쳤다는 소문"이며 "손자 자랑"을 한다. 또한 "먼저 가 기다리는 서방 만날 때는 새 옷 입고 가고 싶다"는 바람도 전한다.

그렇지만 "할머니"들의 동창 모임이 밝지만은 않다. 고령으로 인해 "헤어지며 기약 없는 다음을 약속"을 하는 것은 물론 "하나둘 왔다가 하나둘 돌아오지 못하고 점점 헐렁해진 모임"이 되고 있기 때문이다. 또한 "뭔 놈의 동창이냐고 역정 내던 영감 말이 생각나고/여태 취업 못한 아들도 떠"오를 정도로 여건이 좋지 않기 때문이다. 그리하여 노인들의 소외, 빈곤, 질병 등의 문제가 떠오른다. 저출산의 확대로 말미암아 생산 인구는 감소하는데 비해 노년 인구는 증가하고 있다. "명이 이만큼 길었으니 얼굴 본다며 웃"는 노인들의 동창 모임이 걱정되는데, 지속되기를 희망한다. (c)

실내악(窒內樂)
— 미술시간과 서커스 2중주

정재학

　수업시간이 다 되었는데 미술 선생님은 들어오지 않고 아이들도 선생님을 찾으려고 하지 않았다. 소란스러운 십 분이 자나고 문이 정적과 동시에 열렸다. 피에로를 처음으로 직접 보았다. 눈 밑에는 커다란 눈물이 그려져 있었고 아무 말 없이 호탕하게 웃었다. 왜 눈물이 그려져 있냐고 한 아이가 질문했지만 웃기만 했다. 악사들은 마이너코드*의 음악을 경쾌하게 연주했다. 이어서 인간 탑 쌓기가 시작되었다. 세 번째 사람이 올라가자 천장이 박살나면서 크레파스가 우수수 떨어졌다. 아무도 시키지 않았지만 아이들은 크레파스로 교실 벽과 책상에 그림을 그렸다. 아무도 스케치북에 그림을 그리지 않았다. 악사들의 연주는 빨라지고 피에로가 공을 다섯 개나 돌리고 있었지만 아이들은 그림 그리기를 멈추지 않았다. 수업을 마치는 종이 울릴 때까지 미술 선생님은 들어오지 않았다.

* 슬픈 느낌을 주는 코드

（『쑴/문학의 이름으로』 2017년 상권）

이 시인의 「실내악(窓內樂)」 연작은 주로 교실에서 벌어지는 기묘한 일들을 펼쳐 보인다. '室內樂'이 아닌 '窓內樂'이라는 한자를 쓴 것이 예사롭지 않다. '窓'은 '소리 불안한 모양 실'이라는 익숙지 않은 한자이다. 대개 실내악은 편안하고 조화로운 느낌을 주는데, 전혀 다른 느낌을 강조하기 위한 것이다. 실내악이라는 동음이의어를 사용한 이유는 교실이라는 실내에서 벌어지는 갖가지 사건을 이야기하기 때문이리라.

이 시에서는 미술 시간이 그려진다. 수업시간이 한참 지났는데도 선생님이 들어오지 않는데 아이들은 선생님을 찾지도 않는다. 정적과 함께 나타난 선생님은 피에로 분장을 한 것처럼 눈 밑에 커다란 눈물이 그려져 있다. 그리고 피에로처럼 웃기만 한다. 커다란 눈물자국을 하고서도 피에로처럼 웃어야 하는 것이 선생님이다. 피에로에게 필요한 음악을 제공하려는 듯 아이들은 곧 소란을 떨기 시작한다. 미술시간이지만 아무도 스케치북에 그림을 그리지 않고 교실 벽과 책상에 그려댄다. 피에로가 공을 다섯 개나 돌릴 정도로 음악은 빨라진다. 즉 소란은 극심해진다. 무너진 교실의 모습을 서커스장에 빗대어 희비극적인 느낌을 극대화한 시이다. (b)

굴곡

조말선

여기까지 오는데 굴곡이 좀 있었어, 너는 방금 굴곡이라는 마을을 지나온 사람처럼 가볍게 말했다 쉰 살인 너의 목소리는 백 살처럼 우아한 데가 있었다 그래서 네 목소리가 리듬을 탔던 것일까 네 목이 튀긴 닭 모가지처럼 휘어지다가 재두루미처럼 길어지다가 기린처럼 늘어났다 카라멜 마끼아토가 굴곡의 목구멍을 타고 노래하듯이 넘어갔다 굴곡이 사레 들려서 굴곡을 타고 숨 넘어갈 듯이 쿨럭거렸다 이렇게 기구한 굴곡이라니, 카메라를 들고 사람들이 몰려들었다 굴곡의 얼굴은 굴곡이었다 굴곡의 허리는 굴곡이었다 굴곡의 등은 굴곡이었다 굴곡은 아름다운 몸매로 굴곡을 유혹했다 굴곡이 굴곡을 타고 흘러내렸다 굴곡진 길에는 굴곡진 전망대가 있었다 굴곡의 골짜기가 굴곡의 알을 품고 은자처럼 휘어졌다 너는 굴곡의 포즈에 익숙했다 유연한 강물도 모방하기 힘든 포즈였다 날아오는 돌멩이도 피하고 날아오는 꽃다발도 피해 가는 포즈였다 날아오는 행운과 날아오는 경품도 피할 수 있는 포즈였다 너는 굴곡을 가지고 놀았다 너는 굴곡만을 받아들였다 네 굴곡은 음악적인 데가 있어, 네가 노래하면 무료하게 뻗은 길이 굴곡의 음률을 터득했고 네가 이야기를 하면 밋밋한 드라마가 절정의 묘미를 연출했다 너는 굴곡을 지나서 굴곡으로 왔다

(「문학들」 2017년 여름호)

음상과 의미가 절묘하게 어울리는 말들이 있는데 '굴곡'도 그러하다. 굽이치며 넘어가는 소리의 결은 "이리저리 굽어 꺾여 있음"이라는 뜻을 그대로 드러내는 듯하다. 이 시에서는 '굴곡'이라는 말의 느낌을 환유적으로 이어가며 다양하게 변주한다. "여기까지 오는데 굴곡이 좀 있었어"라는 말을 가볍게 던지니 굴곡은 방금 지나온 마을의 이름쯤 되는 느낌이 된다. 굴곡을 이렇게 말할 수 있는 사람은 쉰 살이어도 백 살 정도 먹은 사람처럼 유연할 것이다. 그 목소리조차 리듬을 타는 듯 "네 목이 튀긴 닭 모가지처럼 휘어지다가 재두루미처럼 길어지다가 기린처럼 늘어났다". 굴곡을 이야기하는 목소리가 굴곡진 듯 노래하듯이 넘어가고 숨 넘어갈 듯 쿨럭거린다. 드디어 "기구한 굴곡"의 모습을 드러내기 시작한 것이다. 굴곡은 얼굴과 허리와 등 모두가 굴곡진 아름다운 몸매로 굴곡을 유혹했다. 굴곡은 은자처럼 휘어 있어 날아오는 돌멩이도 피하고 꽃다발도 피해 간다. 심지어 날아오는 행운과 날아오는 경품도 피해 간다. 굴곡만을 받아들이고 굴곡을 가지고 놀아온 '너'는 굴곡의 음률을 터득했고 굴곡의 드라마를 연출할 줄 안다. 굴곡은 '너'의 삶 그 자체이다. 굴곡이라는 말이 어지럽게 넘쳐나는 이 시에서 '너'의 삶의 굴곡은 시각과 청각을 온통 사로잡는 감각적 현상으로 각인된다. (b)

매병

조성국

505보안대가 자리한 잿등고개쯤 살고 계셨다
남편이 끌려온 곳이란 걸 알고
예까지 면회 왔다가 삼십수 년째 눌러앉았다는 여자
예전 같지 않게 정신이 가물거렸다
수형 마치고 인사차 찾아갔더니 뜬금없이 이숙 이름을 부른다
며느리가 밥도 안 준다고 일러댄다
며느리보고 엄마라 부른다
정신이 멀쩡하다가 내가 오니까 저런다고 그런다
이왕 그럴 거면 간병인 파견하고 생활비도 지원해준다는 구청
사회복지 담당이 망령 정도 확인하러 나올 때나 그랬으면 좋겠다고
이종형이 혀를 찼다 이종형 보고도
사복 입고 온 군인이라고 고집한 것도 한두 번이 아니란다
사복 입은 군인에게 속은 여자가
남편의 숨은 거처를 일러바친 것이 도져 노망이 발동한 것이지
나를 보고 몇 번이나 이숙 이름 부르며
미안타 했다 연정 품은 여자 후배로부터 밀고당한 내가
감옥 갔다 온 걸 꼭 아는 눈치였다

(『딩아돌하』 2017년 여름호)

"505보안대"는 5 · 18 광주민주화운동 당시 계엄군의 지휘 본부로 사용되었던 장소이자 시민들이 구속되어 고문당했던 곳이다. 영화 〈1987〉에 나오는 남영동 대공분실과 같다. 그곳에서 선량한 국민들은 경찰과 권력 수뇌부의 잔혹한 고문에 무너져야 했다. 인간이기를 포기한 악마들의 고문으로부터 요행히 풀려나도 제대로 살아가기가 어려웠다. 그의 가족도 마찬가지였다.

　　"505보안대"에 끌려가 고초를 겪은 "남편"을 "면회 왔다가 삼십수 년째 눌러앉았다는 여자"가 "예전 같지 않게 정신이 가물거"리는 것이 그 모습이다. "이종형 보고" "사복 입고 온 군인이라고 고집한 것도 한두 번이 아"닌 것은 여실한 후유증이다. "사복 입은 군인에게 속"아 "남편의 숨은 거처를 일러바친 것이 도져 노망이 발동한" 것이다. 따라서 위의 작품의 제목은 정신병의 한 가지로 사물을 잘 구분하지 못하는 매병(呆病)이겠지만, 식물의 잎이나 가지나 열매 등의 표면에 생기는 매병(煤病)처럼 매를 맞아 생긴 것으로도 볼 수 있다. 어떠한 폭력도 용인될 수 없다. 폭력은 명분을 갖고 있지만, 허위이기 때문이다. (c)

햇살 한뼘 담요

조성웅

울산 용연 외국계 화학 공장에 배관 철거 작업 나왔다
기존 배관 라인을 철거하는데 먼지가 일 센티미터 이상 쌓여 있었다
변변찮은 일회용 마스크 하나 쓰고 먼지구덩이에서 일을 하다 보면
땀과 기름때로 범벅이 된 내 생의 바닥을 만나곤 한다

마스크 자국 선명한 검은 얼굴로 정규직 직원 식당에 점심 먹으러 가면
까끌까끌한 시선이 목구멍에서 느껴졌다

기름때 묻은 내 작업복이 부끄럽지는 않았으나
점심시간 어디를 찾아봐도 고단한 몸 쉴 곳이 없었다
메마른 봄바람이 사납고 거칠었다
흡연실에서 담배 한 대 물고 버티는데
축축해진 몸에 한기가 들었다

흡연실 쓰레기통 옆이 그런대로 사나운 바람도 막아주고
햇살 한뼘 따뜻했다

함께 일하던 이형이 쓰레기통 곁에 쪼그려 앉아 담배 한 대 피우고 나더니
몸을 오그려 고개를 숙였다
이내 코고는 소리가 쓰레기통에 소복이 쌓였다

난 그의 곁에서 오래도록 아팠다

안정도 지금 그를 안내할 수 없고
행복도 지금 그를 도와줄 수 없고
코뮤니즘도 지금 그를 격려할 수 없었다

쪼그려 쪽잠 자는 그에게 지금 가장 필요한 건
꿈조차 꾸지 못하는 그의 고단한 몸을 깨우지 않는 것이었다
햇살 한뼘조차 그늘지지 않게 하는 것이었다

난 햇살 한뼘을 가만히 끌어다 덮어주고 싶었다

가진 것 하나 없어도
가진 것 하나 없는 맨몸으로 도달한 투명한 수평,
햇살 한뼘 담요!

(『문학3』 2017년 1~4월호)

현장의 시에는 경험에서 나오는 근원적인 힘이 있다. 이 시는 1980년대 최고조에 이르렀던 노동시의 계보를 잇는다. 배관 철거 작업을 하는 과정과 현장의 분위기가 실감나게 그려진다. 제대로 된 보호 장비도 없이 일하는 먼지구덩이에서 생의 바닥을 만나고, 땀과 기름때가 묻은 검은 얼굴로 정규직 직원 식당에 가면 따가운 시선이 느껴진다는 고백은 체험의 무게를 담고 있다. 부끄러움보다 더 힘겨운 것은 점심식사가 끝나고 잠시 고단한 몸을 쉬게 할 곳도 없다는 열악한 현실이다. "메마른 봄바람이 사납고 거칠었다"는 구절은 사실적 묘사이면서도 상징성이 강하다. 비정규직 노동자에게 봄바람은 결코 따뜻하고 생기 있는 희망의 조짐이 되지 못한다. 그나마 바람을 막아주는 흡연실 쓰레기통에서 담배를 피운 동료가 쪼그려 앉았다가 이내 코를 고는 모습은 이 땅의 노동현실이 아직까지 얼마나 참담한 상태인지를 적나라하게 보여준다. 안정이니, 행복이니 하는 말은 딴 세상 얘기고 코뮤니즘이라는 말조차 아무런 도움이 되지 못한다. 안쓰럽기 그지없는 자세로 쪽잠을 자고 있는 현재의 그에게 가장 필요한 것은 "햇살 한뼘"의 따뜻함이다. 가진 것 하나 없는 그에게 "가진 것 하나 없는 맨몸으로 도달한 투명한 수평"의 온기를 전해주는 "햇살 한뼘 담요"의 존재가 먹먹하게 다가온다. 힘겨운 노동자들에게 위로가 되는 현실이 어떤 것인지를 수많은 구호보다 더 절실하게 드러내는 시적인 장면이다. (b)

성스러운 사건

조연향

골짜기 참나무 잎들 하얀 김을 피워 올린다 산비탈에 내 지린내 스
며드는 소리
성(聖)과 성(性)의 어느 핵심에 닿을 수 없는 배설의 소리

별들이 숲길을 내려다볼까 가릴 수 없는 허공을 옷자락으로 가리는
데

빗방울 젖은 나뭇가지가 엉덩이를 훔치고 산새들이 구름에서 쏟아
질 때
아차, 바람이 어깨를 쓸고 지나간다

바위도 자세를 풀고 쉬를 할 때
달빛에 비치는 바위 엉덩이 얼마나 하얗고 얼마나 색스러울지
햇빛이 꽃물 든 혀로 핥고 핥으면 얼마나 진땀을 흘리는지

벗은 아랫도리의 울음이 천연덕스럽게 지리고 천연덕스럽게 얼룩진
족적을 그리며 속수무책 흘러 내려간다

죽은 산짐승들을 숨기고
살고자 퍼덕이는 들짐승들을 몰아가는 두렵고도 부끄러운 이 잡식
성
오줌보가 잠시 후련하고 환했던 걸 깜박 잊어버린다

눈발에 깨어나는 새벽 설산이거나

저녁 종소리 흩어지던 화계사 마당에서 올려다보았던 백운대 산봉
우리이거나

은은하게 후끈거리는 우윳빛 사건에, 잘못한 것 없는 큰 잘못에, 턱
숨이 멎는다

(『웹진 공정한 시인의 세계』 2017년 11월호)

시인은 지금 "참나무 잎들"이 깔려 있는 "산비탈에" 앉아 소변을 보고 있다. 그곳에서 시인은 우선 "지린내 스며드는 소리"부터 듣는다. 이때의 소리는 "성(聖)과 성(性)의 어느 핵심에 닿을 수 없는 배설의 소리"이다. "성(聖)과 성(性)의 어느 핵심에 닿을 수 없"다는 것은 결국 예의 소리에 성(聖)과 속(俗)이 공존하고 있다는 것을 뜻한다. 시인은 이를 "별들이 숲길을 내려다볼까 가릴 수 없는 허공을 옷자락으로 가"린다고 덧붙여 표현한다. "빗방울 젖은 나뭇가지가 엉덩이를 훔치고 산새들이 구름에서 쏟아"져 내리는 장면을 상상해보라. "바람이 어깨를 쓸고 지나"가기까지 하는 장면 말이다. 이어지는 구절에서 시인은 배설과 관련해 좀 더 에로틱한 상상을 한다. "바위도 자세를 풀고 쉬를 할 때/달빛에 비치는 바위 엉덩이 얼마나 하얗고 얼마나 색스러"운가 하고 말이다. 이어 시인은 소변을 보는 자신의 행위를 "벗은 아랫도리의 울음이" "천연덕스럽게 얼룩진 족적을 그리며 속수무책 흘러 내려간다"고 진술한다. 그러는 과정에 그는 "두렵고도 부끄러운 이 잡식성/오줌보가 잠시 후련하고 환했던 걸 깜박 잊어버"리기까지 한다. 마침내 시인은 "잘못한 것 없는 큰 잘못에" 숨이 턱 멎는 경험을 한다. 성속(聖俗)이 불이(不二)라고 하지만 시인이 세속의 부끄러움을 완전히 극복하지 못한 것이다. 이 시에서는 무엇보다 성(聖)과 속(俗)을 성(聖)과 성(性)이라는 동음이의어를 통해 표현하는 것이 재밌다. 이들 음상의 효과를 통해 언어유희를 구사하려고 하는 시도는 마지막 연의 "잘못한 것 없는 큰 잘못"이라는 구절에 의해서도 확인이 된다. 형용모순의 역설을 통해서도 시를 재미있게 만드는 시인의 노력이 새삼 돋보인다. (a)

청진기를 심장에 대고

조 원

초음파보다 의사의 청진기를 믿는다
내 심장에 귀를 대고
뚝뚝 빗소리를 들어주신 분

눈꺼풀 들어 올려
바위 아래 짓눌린 눈동자를
말없이 꺼내주신 분

하얀 가운의 기운이 성(性)을 무너뜨린다
맨가슴 드러내 그의 귓속으로
지난밤 악몽을 흘려보낸다

머물러온 체온보다 더 뜨겁게 감전당한 이력을
그는 유심히 듣는다

평소 식습관과 운동 방식에 대해
슬픔을 대하는 태도나 증오의 형태에 대해

침대가 뜨거워지고 사소한 질문이 오가는 동안
청진기 속으로 빨려들듯
온도를 넘어선 잦은 열병들,
내 몸을 해독하기 위해 당신의 몸이 열린다

최첨단 촬영기보다 더 면밀하게
맥박 속으로 침몰하는 귀

따스한 손바닥이 이마를 짚는다
빛을 켜 들고 혓바닥을 살핀다
초점 풀린 눈동자와
다급히,
집중하는 눈

(『시를 사랑하는 사람들』 2017년 1~2월호)

위의 작품의 화자는 "초음파보다 의사의 청진기를 믿는다". 그리고 "의사"를 "내 심장에 귀를 대고/뚝뚝 빗소리를 들어주신 분"이라거나, "눈꺼풀 들어올려/바위 아래 짓눌린 눈동자를/말없이 꺼내주신 분"이라고 높여 부른다. 그리하여 "맨가슴 드러내 그의 귓속으로/지난밤 악몽을 흘려보"내기까지 한다.

　의사의 의술을 인술(仁術)이라고 부르는 것은 어진 기술로 사람을 살리기 때문이다. 아무리 의료기기나 약의 효능이 좋다고 하더라도 환자에 대한 의사의 정성이 없다면 좋은 효과를 얻기 어려울 것이다. 그리하여 사람들은 백석 시인이 "의원은 또다시 넌즛이 웃고/말없이 팔을 잡아 맥을 보는데//손길은 따스하고 부드러워/고향도 아버지도 아버지의 친구도 다 있었다"(「고향」)라고 노래한 의사와 같은 인술을 기대한다. 그 "의사"의 "따스한 손바닥이 이마를 짚"고, "빛을 켜 들고 혓바닥을 살"피기에 화자의 병은 나을 것이다. (c)

공포분자*

진수미

소설 속 의사는 검은 양복을 입었다. 아내는 멍하니 앉아 있다. 소설을 쓰느라 인생을 허비해서야 되겠어? 문이 닫힌다. 의사의 젊은 아내는 소설가다. 남편이 떠난 서재에서 글을 쓴다. 검은 잉크는 사진을 현상하는 데도 쓰인다. 시곗바늘 소리는 어쩐지 카메라 셔터음을 닮았다. 총격지에서 가출 소녀는 홀로 탈출했다. 다리를 다쳤다. 성난 엄마가 집으로 끌고 온다. 갇혔다. 시간을 죽여야 한다. 장난 전화를 건다. 검은 잉크는 구식 다이얼 전화기를 재현하는 데도 쓰인다. 전화벨 소리는 어쩐지 시곗바늘 소리를 닮아간다. 소설 속 소설가는 붕대를 감은 소녀가 꾸며낸 소설의 충실한 독자다. 소녀는 시계가 있어도 시간이 궁금하다. 죽여야 한다. 다이얼을 돌린다. 현재 시각은 11시 31분 19초입니다. 20초입니다. 23초입니다. 세계는 소리 소문 없이 이동한다. 의사는 자신의 세계를 확신하는 자의 표정을 지녔다. 비굴함과 음울함과 피로가 뒤섞인 얼굴이다. 남편이 없는 서재에서 아내는 글을 쓴다. 다이얼 돌리는 소녀에 대해 생각하다 담배를 입에 문다. 남편의 기척이 들리면 재빨리 연기와 재를 서랍에 밀어 넣는다. 서랍 닫는 소리는 어쩐지 카메라 음을 닮아간다. 사진사는 흐르지 않는 방을 원한다. 밤이 가득한 방을 원한다. 서랍 속에서 소설가가 중얼거린다. 이곳은 어쩐지 암실 같아. 허비할 뭣도 없네. 거리의 총격전은 그녀와 무관하다. 하지만 서랍 닫히는 소리는 총소리를 닮았다.

* 〈恐怖份子〉(1986, 에드워드 양 감독)

(『창작과비평』 2017 가을호)

〈공포분자〉는 에드워드 양의 동명 영화를 바탕으로 하고 있다. 다른 텍스트와 관련된 시의 경우 원래의 텍스트에 종속되지 않는 독자적인 분위기를 만들어내지 못한다면 한 편의 독후감이나 감상문과 다르지 않을 것이다. 이 시는 영화를 보지 않고 읽어도 흥미를 느낄 수 있을 정도로 풍부한 암시와 독특한 이미지들을 창출해내고 있다. 등장인물이 넷이나 나오지만 각자의 닫힌 세계가 강조되면서 서사성보다는 분위기가 두드러지는 시가 되었다. 소설 속의 의사는 '검은' 양복을 입고 있다. 자신의 세계를 확신하는 자이지만 "비굴함과 음울함과 피로가 뒤섞인 얼굴"을 하고 있다. 그의 아내는 '검은' 잉크로 소설을 쓰고 있다. 남편은 그런 아내가 인생을 허비하고 있다고 본다. 또한 '검은' 잉크는 사진사가 사진을 현상하는 데도 쓰인다. 가출 소녀는 총격지에서 홀로 탈출한 후 집에 갇혀 지내며 시간을 죽이기 위해 장난전화를 건다. 그녀가 사용하는 구식 다이얼 전화기도 '검은'색이다. 소녀의 전화를 받고 담배를 입에 물었던 의사의 부인은 남편의 기척이 나자 "재빨리 연기와 재를 서랍에 밀어 넣는다." 서랍 닫는 소리는 카메라 음을 닮아간다. 사진사는 "밤이 가득한" '검은' 방을 원한다. 이처럼 이 시에서 매우 의도적으로 사용된 '검은'색의 이미지는 등장인물 모두의 강박적인 심리상태를 암시하며 출구 없는 암담한 상황과도 관련된다. 의사는 검은 양복에 갇혀 있고, 그의 부인은 암실과도 같은 서랍 속에 갇혀 있다. 가출 소녀는 자기의 방에 갇혀 있고 사진사는 암실을 원하고 있다. 그들 모두 거리의 총격전과 무관한 듯하지만, 자기자신과의 무시무시한 전투에 휩싸여 있는 것이다. 이 시는 필름 누아르처럼 검은색의 이미지가 압도하면서 삭막하고 불안한 현대인들의 심리를 절묘하게 표출해낸다. (b)

방을 위한 엘레지

진은영

1

꿈이 죽은 도시에서 사는 일은 괴롭다
누군가 살해된 방에서 사는 일처럼

태양계의 세 번째 행성이
지구라는 것을 알고 있듯
봄이 겨울을 이기고 온다는 것과 그 반대도 참이라는 것을
나는 알고 있다

뒤에 오는 것이 승리하는 것인가?
그렇다면 화성이여 지구를 이기길
내일이여 오늘을 이기길
썰물이여 밀물을 이기길

그러나 봄, 여름 뒤엔 다시 겨울이고
무지노트와 지구본 연필깎이와 제본한 『예술의 규칙』을 한 줄로 늘
어놓은
내 방 책상 위로
가장 나중에 오는 것은 무엇일까?

그게 무엇이든 다른 것이 시작될 때마다
예언은 빛나며 빗나갈 테니까

여기는 방이 아니라 거리이며
나는 다만, 여기를 걸어서 지나가는 거라고
벽과 벽 사이를 서성이며 생각하는 것이다

　　2

이 방에는
수만 개의 유채꽃이 겨울의 자물쇠를 따고 있는 들판으로
노란 죄수복을 입은 봄이 달려 나오는 은판 사진이
걸려 있다 고인의 사진처럼

나는 책상에 기대어
여기는 바다처럼 푸른 바다이며
"푸른색으로 뛰어들어 너는 고통의 잠수부가 되었다"고
쓰는 대신
물 위로 떨어지는 눈송이나
눈 쌓인 마당에 떨어지는 담뱃불 같은 것들을 생각한다

사라지고 꺼지는 것들로
잠시 환해지는 관념의 모서리

방은 눈을 녹이는 따듯한 손을 닮았다
방은 죽음을 쫓아 달리는 커다란 개다 겨울이 죽고 봄이 죽고

죽음은 항상 너무 빠르다
개의 헐떡거리는 혓바닥 위에서 담뱃불이 꺼지며 빛난다

나는 흰 도미노처럼 서서
쓰러지는 방들의 흔들리는 어둠을, 우리를 응시하는 영원한 뒤통수
를
물끄러미 바라본다

(『문학동네』 2017년 봄호)

하나의 방에서 도시를 연상하는 건축학적 상상력이 흥미롭다. 방은 지극히 개인적인 공간이고 도시는 더할 나위 없는 공공의 장소이지만, 삶의 근본적인 구조를 형성한다는 점에서는 크게 다르지 않다. "꿈이 죽은 도시에서 사는 일은 괴롭다/누군가 살해된 방에서 사는 일처럼"이라는 첫 구절에서는 '꿈'이 삶의 동력이라는 사실을 적시한다. '꿈'은 변화를 통해 실현되는 것이다. 이 시의 화자가 모든 운동의 순서에 집착하는 것은 그 때문이다. 뒤에 오는 것이 승리하는 것이라면 화성이 지구를 이기길, 내일이 오늘을 이기길, 썰물이 밀물을 이기길 바라는 마음이다. 그러나 "그게 무엇이든 다른 것이 시작될 때마다/예언은 빛나며 빗나"간다. '꿈'은 예언을 능가하는 놀라운 변화 속에서 이루어진다. 그리고 그 변화의 과정에는 "사라지고 꺼지는 것들"이 작용한다. 이 방에 걸려 있는 "수만 개의 유채꽃이 겨울의 자물쇠를 따고 있는 들판으로/노란 죄수복을 입은 봄이 달려나오는" 사진은 특이하게도 은판 사진이다. 벅찬 희망으로 가득한 풍경이지만 흑백이어서 고인의 사진 같은 느낌을 주는 것이다. 이는 어떤 새로운 변화도 곧 과거의 장면이 된다는 암시이다. 그러나 겨울의 자물쇠를 따는 수만 개 유채꽃이 없었다면 봄이 겨울의 감옥을 뚫고 달려 나올 수는 없었을 것이다. 마찬가지로 "물 위로 떨어지는 눈송이나/눈 쌓인 마당에 떨어지는 담뱃불 같은", 흔적도 없이 "사라지고 꺼지는 것들"로 "관념의 모서리"가 잠시 환해진다. "방은 죽음을 쫓아 달리는 커다란 개"와 같고 죽음은 너무 빨라서 개는 헐떡거리며 죽음을 쫓는다. 겨울이 죽고 봄이 죽고, 무수히 연속되는 죽음이 도미노처럼 펼쳐진다. 죽음이 삶을 추동하고 그것이 다시 어둠 속으로 사라지는 영원한 생성과 반복의 과정이 빛과 운동의 변화를 통해 감각적으로 그려진다. (b)

어머니는 옛살비

차옥혜

어머니가 숨 거두기 전 들려준 말은
"어머니가 자꾸 보인다"

세계에서 가장 나이가 많은 할머니가
운명하면서 마지막 한 말은
"엄마"

내가 폐렴 걸려
죽음의 언저리를 떠돌 때
끓는 손을 들어 애타게
허공을 휘저으며 잡으려던 것은
이미 세상에는 없는
어머니의 손

어머니는
언제나 그립고 사무치는 옛살비
기쁠 때나 슬플 때나 위험할 때
작아지고 가벼워져 바스라지려 할 때
저절로 튀어나오는 소리
마음의 근원 옛살비

어머니 어머니 어머니

옛살비 옛살비 옛살비
부르면 눈물이 나고 목이 메는
부르면 따뜻해지고 힘이 솟는
어머니는 옛살비
옛살비는 어머니

* 옛살비 : '고향'의 순 우리말

(『한국시학』 2017년 봄호)

위의 작품의 화자가 "어머니는 옛살비"라고 부르는 것은 동일체 의식이다. 화자는 "어머니"의 고통이나 기쁨을 자신의 것으로 받아들이는데, "어머니" 역시 자식을 위해 몸과 마음을 기꺼이 헌신한다. 화자는 "어머니"의 그 사랑을 알고 있기에 "폐렴 걸려/죽음의 언저리를 떠돌 때/끓는 손을 들어 애타게/허공을 휘저으며" "어머니의 손"을 "잡으려"고 했다.

화자에게 "어머니"는 "부르면 눈물이 나고 목이 메"고 "따뜻해지고 힘이 솟는" 존재이다. 화자의 기쁨과 슬픔과 절망을 기꺼이 안아주는 것이다. 그리하여 화자는 마치 엄격한 군부대의 훈련을 이겨낸 자식이지만 면회 간 어머니의 품에 안겨 눈물을 흘리듯이, 큰 시합에서 승리한 운동선수가 기쁨의 눈물을 흘리며 어머니를 부르듯이, "어머니 어머니 어머니" 하고 부른다. "옛살비"를 부르는 화자의 목소리 끝에 어머니가 서 계신다. (c)

풍향계

최금진

돌아보지 마라
여기에 목을 달아야 한다
쏟아져 내리는 정면을 받아들여야 한다
두고두고 얼굴이 떨어져 나가는 익명의 시간일 것이다
과거는 막차를 놓쳐 오늘에 당도하지 못한다
나아가는 듯하나 뒤로 떠내려가는 것이다
새들이 폭풍 속으로 머리채 잡혀 끌려간다
붉은 손가락이 가리키는 저쪽 끝에
피 냄새를 가득 물고 몰려오는 먹구름
귀신들이 곡하며 떼로 날아다닌다
산다는 것이 오욕을 뒤집어쓰고도
온몸 세워야 하는 것이라면
화살처럼 과녁에 깨진 머리를 박고 너는 답해야 한다
붉은 전언 하나 입에 물고
폭풍 속을 헤쳐 역류하는 풍향계
너의 목발 아래에서 부르르 길들이 떨고 있다
날개 달린 것들이 날개 없는 몸으로 쌓여 있다
네가 쏘아 보낸 질문 하나가
신의 명치에 날아가 박힌 듯 잠시 바람이 멈추어도
그러나 돌아보지 마라
너는 끝내 천 길 낭떠러지다

(『문파』 2017년 겨울호)

풍향계 중에는 반원 모양의 기구가 네 개 붙어 있는 것이 있다. 이 움푹한 부분에 바람이 담기면서 기구를 밀어내기 때문에 그 회전 방향과 속도로 바람을 측정할 수 있는 원리이다. 이 시에서 묘사하고 있는 풍향계는 아마 이런 모양일 것이다. 돌아보지도 못하고, 한 방향으로 목을 매달고 있는 형상이 그러하다. "쏟아져 내리는 정면을 받아들여야 한다"는 표현은 앞부분이 깎여 있는 모습과 관련될 것이다. 풍향계의 반원 모양을 사람의 목에 비유하니 사뭇 절박하고 비장해 보인다. 이런 설정이라면 바람의 세기는 당연한 강한 것이 어울린다. 바람에 시달린 집들은 낡아서 얼굴이 떨어져 나간 모습이고, 과거는 끝없이 밀려나 결코 오늘에 당도하지 못한다. "새들이 폭풍 속으로 머리채 잡혀 끌려간다"라는 표현에서 이 바람이 얼마나 거센지를 실감할 수 있다. 상황은 점차 악화된다. "피 냄새를 가득 물고 몰려오는 먹구름"이 등장하고 "귀신들이 곡하며 떼로 날아다닌다". 불길한 느낌의 먹구름과 곡소리와 흡사한 강풍의 소리를 표현한 것이다. 이어 "붉은 전언 하나 입에 물고/폭풍 속을 헤쳐 역류하는" 화살 모양의 풍향계를 통해, 산다는 것이 폭풍을 뚫고서라도 과녁을 향해 가야 하는 것이라는 의미를 담는다. 이처럼 온몸을 던져 바람을 헤쳐나간 풍향계는 다리가 부러져 목발을 짚고 있고, 날개 달린 곤충들은 날개를 잃은 채 처절하게 주검으로 쌓여 있다. 풍향계가 치열하게 쏘아 보낸 질문이 신의 명치에 날아가 박혔는지 바람이 잠시 주춤한다. 그러나 풍향계는 천 길 낭떠러지 위에서 온몸의 긴장을 늦추지 않고 다시 시작될 바람의 공세에 대비한다. 그 작은 풍향계에서 이토록 맹렬한 삶의 태도를 발견한 것이 놀랍다. (b)

물맛

최두석

절에 가면 스님의 설법을 듣기보다
물맛을 보는 버릇이 있다
얼마나 맑고 시원한지 맛보며 그 절집의
수행의 분위기를 가늠해본다

폐사지에 가서도 남은 탑이나 축대보다
샘이나 우물의 자취를 먼저 살핀다
정갈한 샘이 솟고 있으면
아직 그 절의 기운이 살아 있다고 느낀다

수돗물로 몸을 씻고
플라스틱 통에 담긴 생수를 마시며
샘도 우물도 없는
대도시에서 속되게 살면서
절간에 가서는 진정한 생수를 찾는다

목마름을 적시는 물맛을 보며
경전 구석에 박힌 지당한 말씀이 아니라
진정으로 살아 있는 말에 대한
갈증을 대신 달래보곤 한다.

(『시인동네』 2017년 10월호)

사람들은 늘 무언가에 목말라 있다. 실제로는 단지 목이 말라 물을 찾는 사람도 있다. 하지만 대부분 사람들은 배움에 대한 혹은 사랑에 대한 많은 갈증을 갖고 살아간다. 이들 갈증을 채우는 과정에 사람들의 지식과 기술이 놀라운 속도로 발전한 것은 사실이다. 정작 안타까운 것은 사람들에게 지식과 기술에 비해 지혜가 턱없이 부족하다는 점이다. 시인도 지식과 기술보다는 지혜에 좀 더 관심이 많은 듯싶다. 학습보다는 수행에 의해 획득되는 것이 지혜라는 것은 불문가지이다. 시인에게 "절에 가면 스님의 설법을 듣기보다/물맛을 보는 버릇이 있다"라는 진술도 이와 무관하지 않다. 물맛을 통해 그 절의 "수행의 분위기를 가늠해"보는 것이 시인이기 때문이다. 그렇다. "폐사지에 가서도" "샘이나 우물의 자취를 먼저 살"피는 것이 시인이다. 그러니 시인이 "정갈한 샘이 솟고 있으면/아직 그 절의 기운이 살아 있다고" 믿는 것은 당연하다. "샘도 우물도 없는/대도시에서 속되게 살면서"도 "절간에 가서는 진정한 생수를 찾는" 것이 시인이다. 이처럼 시인은 "목마름을 적시는 물맛을 보며/경전 구석에 박힌 지당한 말씀이 아니라/진정으로 살아 있는 말"을 찾으려 한다. 그가 생활의 경험을 통해 얻어지는 참된 지혜에 대한 갈망이 매우 크다는 것은 자명한 사실이다. 참된 수행, 참된 지혜에 대한 갈증을 절집의 물맛을 통해 달래고 있는 것이 이 시에서의 시인이다. (a)

투명

인공눈물을 화분 속에 떨어뜨리고
싹트길 기다려볼까요
개밥바라기별을 처음 사랑한 사람이 나였으면 하고
서쪽 하늘이 무표정을 버릴 때까지 우는 시늉을 해볼까요
혼자 밥을 먹는 데 익숙해지는 허무를 위해
D-day를 표시하며 하루에 세 번 웃어볼까요
바짝 마른 그리움을 풀어 국을 끓이고
숨이 적당히 죽은 외로움을 나물로 무쳐내고
꼬들꼬들한 고독을 적당히 볶아 식탁을 구성해볼까요
빈 의자와 겸상해볼까요
자, 이제 주말연속극이 시작됩니다
고지식한 시어머니나 파렴치한 악처를 옹호해볼까요
두 사람이 짧은 식사를 하는 것보다
한 사람이 긴 식사를 하는 것이
더 낭만적이라고 다짐해볼까요
입맛을 다시거나 잃어갈 필요가 없습니다
독백을 방백처럼 늘어놓으며
접시를 지속적으로 더럽혀볼까요
다리를 떨면서 신문을 봐도
먹기를 멈춘 채 눈물을 흘려도
잔소리할 사람 없습니다
시계를 보며 과장되게 늦은 척을 해볼까요

예감이나 확신을 믿지 않게 해준 당신

공백은 있어도 여백을 찾을 수 없게 만든 당신

오늘 차려놓은 투명한 기적, 눈물 나게 웃으며 먹어볼까요

(『미네르바』 2017년 가을호)

이 시의 화자인 시인은 "혼자 밥을 먹는 데 익숙"한 사람이다. 그가 "바짝 마른 그리움을 풀어 국을 끓"여 먹는 아주 외로운 사람이라는 것이다. 그렇다. "숨이 적당히 죽은 외로움을 나물로 무쳐" 먹는 사람, "꼬들꼬들한 고독을 적당히 볶아" 먹는 사람이 시인이다. "빈 의자와 겸상"이나 하는 사람 말이다. 따라서 그가 하는 일은 기껏 "인공눈물을 화분 속에 떨어뜨리고/싹트길 기다려"보는 것뿐이다. 너무도 외로운 그는 심지어 "서쪽 하늘이 무표정을 버릴 때까지 우는 시늉을 해볼까요" 하고 독백하기까지 한다. 이러한 처지인 그가 할 수 있는 다른 일은 무엇인가. 그에게 주어진 일은 주말연속극에 나오는 "고지식한 시어머니나 파렴치한 악처를 옹호해"보는 것밖에 없는지도 모른다. 따라서 그는 "두 사람이 짧은 식사를 하는 것보다/한 사람이 긴 식사를 하는 것이/더 낭만적이라"는 다짐이나 해본다. "다리를 떨면서 신문을 봐도/먹기를 멈춘 채 눈물을 흘려도/잔소리할 사람이 없는", 즉 이른바 혼밥을 먹는 사람이 그라는 것이다. 철저하게 소외된 사람이 시인이라는 것인데, 그가 자기 자신을 이처럼 허구화하는 까닭은 자명하다. 오늘을 사는 현대인들이 실제로는 모두 깊이 소외되어 있다는 것을 강조하기 위해서이다. "시계를 보며 과장되게 늦은 척을 해"보는 사람으로 허구화되어 있는 시인은 지금 "오늘 차려놓은 투명한 기척, 눈물 나게 웃으며 먹어볼까요" 하며 허탈해 한다. 그가 보기에는 "예감이나 확신을 믿지 않게 해준" 것이 당신이고, "공백은 있어도 여백을 찾을 수 없게 만든" 것이 당신이다. 강조하거니와, 현대인들이 갖는 고독과 소외를 매우 진지하게 탐구하고 있는 것이 이 시이다. (a)

8월의 횡단

무심코 건널목을 건너다
엄마의 호통에 깜짝 놀라는 아이를 본다.
빨간불에는 횡단하지 않는 법에 대해
한 번 두 번 세 번 아이는
배우게 될 것이다.

세계의 수많은 건널목을 건너다 깜짝 놀라는
아이들과
세계의 수많은 건널목을 달리다 사고를 당하는
고양이들과
내가 오늘 피하지 못한 한 고양이의 시체와
무사하게 어른이 된 한 아이의
뻗은 팔을 생각하는 8월의 저녁이다.

대체로
보고 싶은 당신은
횡단보도의 건너편에 서 있었다.

웃어야 할지 손을 흔들어야 할지
못 본 척하다 발견해야 할지 어색한 내가
망설이는 동안
횡단보도 건너편의 당신은 영영 사라져 있다.

구름에게 빛들이 조금씩 흡수되는 동안
나는 줄곧 어른이 되어왔다.
어른이 된 건널목의 건너편에는
팔을 뻗지 못하고 아직 건너지도 못해 어색한
내가 서 있는 저녁이다.

(『포지션』 2017년 가을호)

아이들은 금지의 언어를 배우면서 이 세계에 적응해가게 된다. 위험을 피하고 욕망을 절제할 수 있어야 무사히 어른이 될 수 있기 때문이다. 아이가 빨간불에는 횡단하지 않는 법을 알게 되기까지 엄마의 호통은 계속될 것이다. 화자는 세계의 수많은 건널목에서 무심코 건너려다 깜짝 놀라는 아이들과 질주하다 사고를 당한 고양이들을 떠올려본다. 본능을 제어하지 않고서는 무사히 입사할 수 없는 인간 세상의 원리가 이보다 명쾌하게 드러날 수 있을까. 그런데 건널목에서의 망설임은 안전한 성장에는 도움이 될지 몰라도 다른 중요한 것을 잃게 한다. "대체로/보고 싶은 당신은/횡단보도의 건너편에 서 있었"기 때문이다. 횡단보도 이편에서 이것저것을 생각하며 망설이는 동안 당신은 "영영 사라져 있다." 어른이 된다는 것은 구름에게 빛들이 조금씩 흡수되어가듯 원래의 빛을 잃고 흐릿해져가는 것이리라. 그리하여 본능의 밝은 빛이 이끄는 대로 뛰어가는 동심을 잃게 되는 것이리라. 어른이 되어 바라보는 건널목 저편에는 아직 이쪽으로 건너지 못하고 어색해 하는 자신의 모습이 남아 있다. 금지로 인해 상실한 저편의 세계에 대한 아쉬움과 그리움이 아스라이 펼쳐진다. (b)

開眼手術執刀錄
― 執刀 44

함기석

    나는 지금 아이슬란드다 이 얼음의 벌판에 노을은 없다 집도 길도 한 줄기 달빛도 없다 천공을 뚫고 날아온 새는 그대로 빙산에 박혀 얼음화석이 된다 설원 가득 내 선조들의 뼈가 낡은 족보처럼 펄럭일 뿐이 황량한 벌판엔 안식의 그루터기가 없다 광포한 어둠이 굶주린 들개처럼 울어댈 뿐 아이들 노랫소리가 없다 새소리도 없다 나는 아이슬란드다 머나먼 유배의 섬 북쪽 해변이다 굶주린 어미 곰 한 마리가 새끼 둘을 데리고 폭설 속을 배회하고 있다 울지 말자 울지 말자 인간은 누구나 외로운 극지다 바람의 눈동자조차 읽을 수 없는 깨진 비문들이다 얼음의 묘비들만 즐비한 빙하지대, 설원의 지평선을 향해 찍히는 어린 곰들의 발자국 위로 차곡차곡 눈이 쌓이고 있다 환영(幻影)처럼 따신 흰 밥알 눈송이들

(『문학사상』 2017년 1월호)

이육사의 「절정」 이후 드물게 보는 극지의 이미지가 인상적이다. 이 얼음의 벌판에는 없는 것이 많다. 노을도 집도 길도 달빛도 없다. "천공을 뚫고 날아온 새는 그대로 빙산에 박혀 얼음화석이" 될 정도로 생명 유지가 어려운 곳이다. 설원 가득히 새와 같은 운명을 맞이했던 선조들의 뼈가 널려 있다. 이곳은 안식과 거리가 멀다. 어둠의 거친 울음만이 가득하고 노랫소리, 새소리 하나 없는 황막한 곳이다. 이 척박한 유배지 같은 곳을 굶주린 어미 곰 한 마리가 새끼들과 배회하고 있다. 생존이 위태로운 극한의 험지에서 벌어지는 눈물겨운 장면이다. 시인은 이러한 설원의 전형적인 풍경을 통해 "인간은 누구나 외로운 극지다"라는 존재론적인 각성을 행한다. 얼음의 묘비명만 즐비한 존재의 극지, 죽음의 상태에 이르는 그 순간까지 인간은 생존을 향한 외롭고 힘겨운 탐색을 계속한다는 것이다. 어린 곰들의 발자국 위로 "환영(幻影)처럼 따신 흰 밥알 눈송이들"이 내리는 장면은 애잔하기 그지없다. 이 행복감 가득한 풍경은 극한의 현실이 빚어낸 신기루일 뿐이기 때문이다. (b)

역마

함순례

터미널 식당에서 끼니를 때운다 한 모금씩 천천히
국물을 삼킨다 목구멍 깊숙이
싸하게 식어버린 속으로 국물이 내려간다

오늘의 메뉴는 육개장이다
오늘의 여자는 건더기를 좋아한다
나는 여자의 국물까지 삼킨다, 다행인가

살살 돌려놓다가 나중에 먹게 되는 고기채와 파채
가냘프고 낯선 등을 마주하고 간간이 힐끔거리며
오래 삶아 단내가 고인 국밥 한 그릇, 다행일까

나를 떠나고 내가 떠나온 계절
애를 녹이며 캄캄하게 저문 빛

흩어진다, 정처 없이
지구 반 바퀴를 돌아도 정처가 없어

걸었다, 걷다가 일하고 걷다가 쥐가 난 종아리로
끼니를 때운다는 것
뺨이 붉어지고 차가운 손에 피가 돈다는 것

차일피일 오늘의 얼굴은 엄숙하다
오늘의 메뉴는 완벽하지 않다

(『작가마당』 2017년 하반기호)

시인은 지금 "터미널 식당"에 앉아 있다. 무엇인가를 위해 어디론가 떠돌고 있는 것이 시인이다. 어찌 보면 떠돌이의 운명을 다루고 있는 것이 이 시이기도 하다. 아무튼 시인은 지금 한 끼의 "끼니를 때"우고 있다. 좀 더 자세히 말하면 "한 모금씩 천천히/국물을 삼"키고 있는 것이 시인이다. "오늘의 메뉴는 육개장이다". 육개장을 먹으며 시인은 자기 자신을 객관화해 "오늘의 여자"라고 부르기도 한다. "건더기를 좋아"하는 오늘의 여자인 시인은 "여자의 국물까지 삼"키며 "다행인가" 하고 되묻는다. 시인에게는 육개장을 먹는 일에도 과정과 방법이 있다. "고기채와 파채"는 "살살 돌려놓다가 나중에 먹"는 것이 시인이기 때문이다. 육개장을 먹으며 그는 이런저런 생각을 한다. "나를 떠나고 내가 떠나온 계절"이며 "애를 녹이며 캄캄하게 저문 빛"에 대한 생각도 그중의 하나이다. "지구 반 바퀴를 돌아도 정처가 없어" 걷고 또 걷은 것이 그이다. "걷다가 일하고 걷다가 쥐가 난 종아리로/끼니를 때"우고 있는 것이 지금의 그라는 것이다. "싸하게 식어버린 속으로 국물이 내려간" 뒤에야 그는 "뺨이 붉어지고 차가운 손에 피가" 도는 것을 느낀다. 물론 그에게 주어진 "오늘의 메뉴는 완벽하지 않다". 그렇기는 하더라도 먹어야 살 수 있다는 사실을 자각하는 시인의 "얼굴은 엄숙"할 수밖에 없다. 떠돌이로 살아가는 삶의 아픔이 매우 잘 드러나 있는 시이다. (a)

장백폭포

홍사성

한 반만 년쯤 울다 보면
저렇게 되나 보다

밤낮없이 울고도
더 쏟을 눈물 남았나 보다

울고 또 울어야
눈물 없는 세상 오나 보다

아직도 다 마르지 못해
쏟아지는
외줄기
눈
물

(『미네르바』 2017년 겨울호)

시인은 지금 백두산의 장백폭포 앞에 서 있다. 백두산을 여행하는 중에 장백폭포와 마주 서 있는 것이 시인이다. 백두산은 중국과 북한의 경계를 포함하고 있다. 지금은 중국을 통해 멀리 돌아갈 수밖에 없는 곳이 백두산이다. 이러한 안타까운 마음을 노래하고 있기 때문일까. 시인은 우선 "밤낮없이" 쏟아져 내리는 장백폭포의 풍경부터 떠올린다. 시인의 진술에 따르면 '장백폭포'는 "한 반만년쯤" "밤낮없이" 쏟아져 내리고 있는 어떤 무엇이다. 이렇게 쏟아져 내리고 있는 '장백폭포'에서 시인이 발견하는 것은 울음과 눈물이다. 시인이 장백폭포를 "밤낮없이 울고도/더 쏟을 눈물"로 받아들이고 있다는 것이다. 장백폭포를 "아직도 다 마르지 못해/쏟아지는/외줄기/눈/물"로 받아들이고 있는 시인의 마음이 귀하고 미쁘다. 물론 장백폭포로부터 시인이 견문한 것이 울음과 눈물 그 자체만은 아니다. 이 시의 초점이 "울고 또 울어야/눈물 없는 세상 오나 보다"라는 구절에 놓여 있기 때문이다. 이 시를 통해 그가 정작 말하려고 하는 것은 울음 없는 세상과 "눈물 없는 세상"이라는 것을 알아야 한다. 실제의 삶에서는 울음 없는 세상, 곧 "눈물 없는 세상"이 구체적으로 실현되기는 난망하다. 그렇다고는 하더라도 시인이 나날의 삶에서 아무런 상처도 없는 세상, 나아가 서로를 받들고 모시는 삶을 이루려는 꿈을 갖는 것은 따뜻하고 아름답다. 그러한 세상을 꿈꾸지 않는 사람이 어찌 시인일 수 있겠는가. (a)

싸락눈 치는 날

홍신선

싸리눈이 친다. 눈 털고 선
동구(洞口) 밖 떡갈나무가
목이 꽉 잠긴 쉰 소리를 싸락싸락 내뱉는다.

얼얼한지 뺨을 감싸 쥔 그 나무 등뒤엔
뜻 모를 회한과 막막함,
영상 깨끗이 삭제된 티브이 화면 같은 게 멀리 걸려 있다.

싸락눈들이 찍는 수수천만 점과 점들 자오록이 붐비는 속에
개 짖는 소리도 인가(人家)도
여백의 새 떼들도 속절없이 지워진
이 마을은 적막한 한 폭 관념 산수화인데

시마(詩魔)에 들린 듯 뼈 앙상한
나의 시는 거기 제 발치에 비로소 둥그런 귀명창 자리를 편다

떡갈나무가 잔기침 다 뱉고 나면
이내 눈발은 굵어지리라.

(『미네르바』 2017년 봄호)

싸락눈이 내리는 풍경이 눈앞에 그려지는 시이다. 이 시 속의 마을에는 지금 싸락눈이 내리고 있다. "눈 털고 선/동구(洞口) 밖 떡갈나무가/목이 꽉 잠긴 쉰 소리를 싸락싸락 내뱉는" 마을이 그곳이다. "얼얼한지 뺨을 감싸 쥔 그 나무 등뒤엔/뜻 모를 회한과 막막함,/영상 깨끗이 삭제된 티브이 화면 같은 게 멀리 걸려 있다." "싸락눈들이 찍는 수수천만 점과 점들 자오록이 붐비는" 이 마을에서 갑자기 모든 소리들이 멈춰버린다. 내리는 눈 속에 "개 짖는 소리도 인가(人家)도/여백의 새 떼들도 속절없이 지워"지고 만다. 말 그대로 "마을은 적막한 한 폭 관념 산수화"가 된다. "시마(詩魔)에 들린 듯 뼈 앙상한/나의 시는 거기 제 발치에 비로소 둥그런 귀명창"의 자리를 편다. 싸락눈이 내리는 소리를 더 잘 듣기 위해서이다. "떡갈나무가 잔기침 다 뱉"어내는 그곳은 늘 시에 집중하는 시인의 눈길이 잘 닿는 지점이기도 하다. "싸락눈이 치"는 시골 마을의 풍경이 흑백의 색으로 섬세하게 점묘되어 있는 것이 이 시이다. 시를 읽으면 마음이 싸락눈처럼 깨끗해진다. ⓐ

259

소무의도 무의바다누리길

황인찬

끝이 보이는 바다는 처음이야
너는 말했지

한국의 바다에는 끝이 있다 세계의 모든 바다에도 끝이 있고, 바다
건너 어딘가에 세상의 모든 것이 다 있다는 그런 이야기에도 끝이 있고

바다에 끝이 없다고 누가 했는지

파도에도 끝이 있고, 해변의 모래에는 끝이 있고, 바다의 절벽에도,
바다 절벽 위의 소나무에도, 파도가 깎아놓은 몽돌에도 끝이 있는데

아직 우리는 끝을 보지 못했구나
그런 생각들 속에서

끝이 있는데도 끝이 나지 않는 날들 속에서

사랑을 하면서
계속 사랑을 하면서

우리는 어디를 둘러봐도 육지가 보이는 섬의 해변에 앉아 있었다

돌아가는 배 위에서는 멀미하는 너의 등을 두드리며

이렇게 계속되는 것이구나
생각을 했고

(『문학사상』 2017년 5월호)

소무의도는 인천 앞바다에 있는 작은 섬이다. 대무의도와 인도교로 연결되어 있으니 '외로운' 작은 섬과는 거리가 멀다. 주위로 인천에서 시작되는 한반도와 가까이 붙어 있는 대무의도가 둘러싸고 있어 망망대해라기보다는 바다의 끝이라는 느낌을 줄 터이다. 사실 한국에는 "끝이 보이는 바다는 처음이야"라는 '너'의 말이 이상하게 들릴 정도로 끝이 보이는 바다가 대부분이다. 생각해보면 태평양이나 대서양 같은 너른 바다라 하더라도 끝이 없는 것은 아니다. "세계의 모든 바다에도 끝이 있고, 바다 건너 어딘가에 세상의 모든 것이 다 있다는 그런 이야기에도 끝이 있"다. 알 수 없어서 그냥 끝이 없다고 믿었던 모든 것들이 실은 그렇지 않았던 것뿐이다. 아직 지속되는 관계는 아직 끝을 보지 못했기 때문일 수도 있다. 사랑도 다르지 않아, 다만 안 보이는 끝 앞에서 지속되는 것이리라. 어디를 둘러봐도 끝이 보이는 소무의도에서 문득 파악한, 사랑이 계속되는 이유는 이러하다. 끝이 있다는 것은 안 보이는 진실이고 "끝이 나지 않는 날들 속에서" 살아간다는 것은 살아있는 현실이다. 사랑과 삶이 계속되는 것은 이 때문이다. (b)

J의 모서리

황희순

J는 흰 와이셔츠 안에 자신을 가뒀어요. 길고양이 한 마리가 그를 버리고 떠난 후 누구도 그의 속살을 본 적이 없어요. 누구에게든 딱 한 번은 더 보여줄 준비가 되어 있다는 듯 첫 번째 단추만 늘 풀고 다녀요. 날 선 칼라 안에 무슨 그림을 숨겨놓았을까요. 영영 파낼 수 없는 애물단지라도 묻어놓았을까요. 아님 서둘러 떠난 길고양이에게 파먹혀 갈비뼈만 오소소 남았을지 몰라요. 그는 왜 시나브로 고요해지는 걸까요.

J의 손에도 한때 꽃이 핀 적 있지요. 꽃을 본 기억을 핑계로 두 번째 단추를 풀려다 목덜미를 베인 적 있어요. 자신을 열지 않는 그를 궁구하는 일은 치기 어린 모험이에요. 모험을 아무나 하나요. 사랑이 그러하듯 목을 내놓거나, 간신히 빠져나온 길을 돌쳐가야 해요. 그러고 보니 봄여름가을겨울, 한 계절도 한 마음도 온전히 움켜쥐어본 적이 없군요. 이번 생(生)도 주춤대다 또 말겠어요.

(『다층』 2017년 가을호)

J'라는 사람을 그리고 있는 인물 형상의 시이다. J는 상처가 매우 많은 사람이다. 시인의 진술에 따르면 늘 "흰 와이셔츠"를 입고 있는 것이 J이다. 이때의 J'는 남자일까, 여자일까. 아무래도 여자인 듯싶다. 어쩌면 시인의 객관상관물일 수도 있다. 물론 J는 이 "흰 와이셔츠" 안에 갇혀 밖으로 나오지 못하는 인물이다. "흰 와이셔츠" 안에 자기 자신을 가두어버린 사람이 그라는 것이다. "첫 번째 단추만 늘 풀고" 다니는 사람인 J는 "흰 와이셔츠"의 "날 선 칼라 안에 무슨 그림을 숨겨놓았"는지 모른다. 그곳에 "영영 파낼 수 없는 애물단지라도 묻어놓았"는지 모른다. 아니면 "서둘러 떠난 길고양이에게 파먹혀 갈비뼈만 오소소 남았을지도" 모른다. 당연히 이들 이미지는 모두 J가 받은 상처를 가리킨다. J가 와이셔츠 안에 자기 자신을 가두어버린 것도 물론 이들 상처 때문이다. 물론 J에게도 한때는 "꽃이 핀 적"이 있다. 뿐만 아니라 "꽃을 본 기억을 핑계로 두 번째 단추를 풀려다 목덜미를 베인 적"도 있다. 그러한 이후 J는 더욱 저 자신을 "흰 와이셔츠" 안에 가두어버린다. 시인은 끝내 저 "자신을 열지 않는 그를 궁구하는 일은 치기 어린 모험"이라고 말한다. J의 "흰 와이셔츠" 단추를 풀려고 하는 일이 일종의 모험이라는 것이다. 시인은 그것이 "목을 내놓거나, 간신히 빠져나온 길을 돌쳐가야" 하는 일이라고도 말한다. "봄여름가을겨울, 한 계절도 한 마음도 온전히 움켜쥐어 본 적이 없"는 것이 그이기도 하다. 그래서일까. 그는 시를 매조지하며 "이번 생(生)도 주춤대다 또 말겠어요"라고 독백한다. (a)

2018
오늘의
좋은
시